後宮の化粧姫は華をまとう
～素顔を隠す悪女と龍皇陛下～

花橘しのぶ Shinobu Hanatachibana

アルファポリス文庫

https://www.alphapolis.co.jp/

プロローグ

龍雲国《りゅううんこく》の後宮では、今年も無事に〝邪気払いの宴〟がひらかれている。

邪気払いの宴とは、年に一度、皇帝と後宮の妃たちが必ず参加し、舞や雅楽を披露する行事である。皇帝の御代が末永く続くことを願う宴であったが、約六百年に及ぶ龍雲国の歴史においてはすでに形骸化し、後宮妃たちが自身の美貌や才を主張する場となっていた。

すでに宴は終わりに近づき、白玉石を敷き詰めた庭園には夜の帳《とばり》が降りていた。宴のために設《しつら》えられた簡素な舞台の周りを篝火《かがりび》がぐるりと囲む。一段高いところには、皇帝が座る御座が置かれていた。紗《しゃ》で作られた天蓋《てんがい》によって、皇帝の姿は後宮妃たちからは見えない。ただ、たしかにそこから発せられる圧倒的な存在感が、きりりとこの場の空気を引き締めていた。

残暑が残るなか、団扇《うちわ》をはたはたと仰ぎながら、妃のひとりが隣に耳打ちする。

「次の演目、どなたが舞われるかご存じ？」

「次は剣舞だったかしら。先日後宮入りされた、楊家《ようけ》のご令嬢でしょう?」

「あら、ご存じでしたのね。彼女、どう思います?」

「どうも何も、楊家は金子で位《くらい》を買ったという噂《うわさ》を聞きましたわ」

「彼女のご実家は、商家でしたっけ。星辰商会《せいしんしょうかい》とか言ったかしら」

「たしか、そんな名前だったかと。大きな商会の方と言っても、元は平民。得た位《くらい》に不相応な、人に取り入るのがお上手な女狐《めぎつね》、と言ったところでしょう」

思い思いの豪奢《ごうしゃ》な衣装に身を包んだ妃たちは、微笑みの仮面の下で囁《ささや》き合う。

その時、庭園に集う人々の耳に、しゃん、と鈴の音が聴こえた。軽やかな音を立てる鈴とともに、剣士に扮《ふん》した妃たちが舞台にあがっていく。

やってきた妃は三名。

その場にいた者たちの視線は、自然とひとりに集まった。

すらりと背が高く、しなやかな足捌《あしさば》き。高い鼻筋に、綺麗に弧を描いた眉。まるで陶器のように滑らかな白い肌。目尻の朱は濃くつり目がちに引かれ、目を伏せるたびに妖艶な雰囲気を醸し出す。艶やかな黒髪は高くひとつに結いあげられ、牡丹《ぼたん》を模した金色の簪《かんざし》でまとめられている。篝火《かがりび》の炎に照らされた簪《かんざし》は、彼女が動くたび、さながら本物の牡丹《ぼたん》のような艶《あで》やかな光を辺りに散らしていた。真紅に彩られた、少し厚めの唇はきゅっと横に結ばれ、近寄り難さを感じさせる。化粧により磨きあげられた圧倒的な美の前には、他の妃がかすんで見えた。人の目を引きつけてやまない、悪女の名に相応《ふさわ》しい堂々とした振る舞いだ。涼やかな切れ長の瞳は、皇帝のいる御座を見つめている。

彼女こそが、龍雲国の後宮で取り沙汰されている噂《うわさ》の妃——名を楊蘭月《ようらんげつ》と言った。

細身の剣を手にした蘭月の佇《たたず》まいは落ち着き払って見えた。一方、蘭月の姿を見た妃たちは、蘭月が身につけた、黒で合わせた簡素な袍《うわぎ》と袴《ズボン》を指し、こそこそと耳打ちをし始めた。

「あの方、今日が何の宴なのか、理解されていないのかしら？」

「陛下の息災を祈る宴だというのに、喪に服すような黒なんて。罰当たりにもほどがありますわ」

「陛下への侮辱ではなくて？」

口さがない妃たちは、口々に蘭月を批難し始める。

それらの声はさざ波のように広がり、皇帝——漣龍《れんりゅう》のいる御座のなかにまで届いていた。

「陛下。あの妃の処遇はいかがいたしますか」

紗《しゃ》の張られた御座の内で、皇帝——漣龍の側近である青海《せいがい》は、我が主を見やった。

剣舞をおこなう妃たちの様子は、こちらからすべて見えていた。中央の妃が纏《まと》う黒は、この宴席を飾るのに相応《ふさわ》しくない。これが私的な宴ならまだしも、今日は龍雲国における歴史ある宴の日である。

後宮内を取り仕切る尚書《しょうしょ》である青海にとって、後宮妃がもたらすことの大半は厄介事だった。どう処罰を与えるべきか逡巡《しゅんじゅん》し、主の様子をうかがおうとした青海は、文字通り固まった。

黒衣の妃を見た瞬間、漣龍はいつもの穏和な表情から一転、何かに気づいたようにすっと目を細めた。瞬《まばた》きもせず、食い入るように黒衣の妃を見つめるその眼差《まなざ》しは、どこか苦しそうで、恋焦がれるような切実な色を帯びていた。そして、青海の見間違いでなければ、漣龍の瞳孔は、龍の血が目覚めたことを示す色――金に光っていた。

どきり、と青海の胸は跳ねる。

幼少よりこの主に仕えてきて二十余年。人生のほとんどをともに過ごしているが、主がこれほど感情を剥《む》き出しにする姿を見たのは初めてだった。

何か声をかけようとするも、漣龍の放つ圧倒的な気にやられたのか、舌が口の中に張り付いて、うまく声を出すことができない。

「――見つけた」

青海が何も言えないでいるうちに、半ばひとりごとのように漣龍は低くつぶやく。

「な、なんと？」

やっとのことで出た声は、情けなくうわずっていた。ちらと青海を向いた漣龍の瞳は、ほんの一瞬だけ鋭い金の光を宿していたが、すぐに碧玉色《へきぎょくしょく》に戻る。

「どうした、青海。顔が青いぞ」

何でもないように漣龍は言って、首を傾げた。

いつもの漣龍だ。只人《ただびと》である青海を友のように扱う、自慢の主。

「いえ、何でもございません」

そう言って青海は首を振る。青海の答えに、漣龍は鷹揚《おうよう》に笑った。ゆったりとした漣龍の雰囲気に呑《の》まれそうになりながらも、職務を全うするために青海は言葉を紡ぐ。

「漣龍さま。剣舞の妃ですが、宴の席で黒は――」

「よい」

言葉を続けようとした青海を、漣龍が遮る。

「この場で私の怒りを買っても、あの妃は何も得るものがない。あらかた、他の妃に嫌がらせでもされたのだろう。不問とせよ」

有無を言わさぬ漣龍の命令に、青海はそれ以上何も言えなくなった。

（争い事を避ける我が主らしいといえば、主らしい）

ただ、この背中を流れる冷や汗は何なのだ。目の前にいるのは、普段の漣龍であるはずなのに、別人のような威圧感をひしひしと感じる。青海の心臓は、早鐘のように鳴っていた。

漣龍は、龍の血を引く皇帝だ。この国の誰よりも強い力を持ち、この国の誰よりも長い時を生きる。知識も力も、何もかもが青海を凌駕《りょうが》している。

漣龍に仕えると決めたときから、自分と漣龍は違うと理解していたはずだった。それでも、今日この時まで、本当の意味で理解してはいなかったのだと痛感する。先ほどの漣龍が発した、殺気にも似た気配。漣龍が本気を出せば、自分のようなちっぽけな人間の命を奪うなんて、造作もないことだろう。

漣龍の命を伝えるため、青海は小さく礼をしてその場を退いた。歩きながら、後宮妃たちの名前がずらりと並んだ帳簿を頭のなかで思い浮かべる。

（楊蘭月。たしか、最近入宮した妃だったな）

青海が尚書《しょうしょ》となってからも、漣龍の心を動かす妃はついぞ現れなかった。尚書《しょうしょ》としての使命感と、好奇心とが心中に入り交じる。

彼女のことを、徹底的に調べなくてはならない。青海はそう心に決め、ざわつき始めた妃たちの元へと向かった。

舞台の上にあがった蘭月は、ひそひそと囁《ささや》き合う後宮妃たちの鋭い視線を感じていた。

今日は年に一度おこなわれる邪気払いの宴。後宮の妃全員が参加するこの宴で、蘭月が押しつけられたのは剣舞だった。

飾りものとはいえ、剣を扱う演目である以上、身体に傷をつける可能性は捨てきれない。大切な身体を守りたい後宮妃たちにとって、剣舞は誰も選びたがらない演目であった。

そんな剣舞をなぜ蘭月が担うことになったか。

これが、新人後宮妃である蘭月への〝歓迎〟の証なのだろう。

現在この龍雲国には、皇后がいない。皇后に代わって、後宮内を取り仕切る役目を負うのが、四妃と呼ばれる妃たちであった。

四妃の位《くらい》を賜ることができるのは、後宮内で力を持った妃だけ。今の龍雲国において、四妃の位《くらい》を持っている者は、白妃ただひとりであった。

白妃――その名を桂香苺《けいしんまい》と言った。桂家は代々貴族として名を馳《は》せ、政界においても揺るぎない地位を持っている。唯一の四妃を輩出するに、桂家ほど相応《ふさわ》しい者はいない。

そんな白妃から、蘭月は驚くほど嫌われていた。蘭月の生家である楊家が、豪商として名を馳《は》せ、ついには貴族の称号を賜ったことが原因のひとつだと考えている。

代々の貴族である白妃は、元平民である蘭月が、誉れある後宮妃となることが気に食わないのだろう。

四妃として邪気払いの宴を取り仕切る白妃であれば、危険な剣舞をあえて蘭月に任せるなんて造作もないことだ。

小さくため息をつきながら、蘭月は自身の黒衣を見下ろす。静まった舞台に、雅楽が流れ始めた。蘭月は音楽に合わせ、手足をゆっくりと動かす。

（剣舞をさせるだけでなく、嫌がらせもしていただける、ということね）

今宵《こよい》のため、あつらえてあった衣装はどこかに消え去り、代わりに置いてあったのは場にそぐわぬ黒衣だった。剣舞を舞わせるだけでは飽き足らず、嫌がらせにも手が込んでいる。衣装の準備をおこなう侍女が白妃に買収され、勝手に衣装がすり替えられたに違いない。

本番が迫るなか、急いで他の衣装を準備する暇もなく、だからといって裸で踊るわけにもいかない。苦肉の策として、剣舞のために用意されていた飾りの剣で袖と裾を裂き、裏地の白が見えるように工夫した。その場しのぎではあるが、ただの喪服には見えないはずだ。大きく手足を動かすと、ひらひらと裏地がはためいた。

ともに剣舞をおこなうふたりが蘭月の黒衣を見たときの、憐《あわ》れみと恐怖が入り交じった表情が忘れられない。白妃に逆らえばこうなるのだと、まざまざと目に焼きつけたことだろう。

弱い後宮妃は淘汰《とうた》される。これが豪華絢爛《けんらん》な後宮の素顔だ。

舞台の上から、香苺の姿を見つける。ただひとりの四妃として、白妃の席は豪華に飾りたてられている。ぱっと群衆を見回しただけですぐにわかった。

人形のように可憐《かれん》な顔立ちに、勝ち気な色を含んだ大きな瞳。純白の襦裙《じゅくん》に、細かな金の刺繍《ししゅう》。同じ純白の団扇《うちわ》を侍女に仰がせ、本人は楽しそうに身を乗り出し、蘭月を見ている。その視線は純粋に剣舞を楽しもうとするものではなく、蘭月の身に起こる惨劇を期待する、蔑《さげす》みに満ちたものだった。

(白妃さまの期待に、応えてなんてやるものですか)

拍子が一気に激しさを増した。蘭月はぐっと唇を噛んで、剣を握り直す。そして次の瞬間、踏み込み鋭く跳んだ。跳躍に合わせて振りあげた白い刃が、闇を裂くように煌《きら》めく。そのまま剣の重さを利用し、一回転して着地する。

中盤の見せ場は成功だ。曲が落ち着きを取り戻す。蘭月はその間に息を整える。

その時、ひとりの青年が、緊張した面持ちで、楽師たちの元へと向かってくるのが見えた。身につけている袍《うわぎ》の色は緑青。皇帝の側近にしか与えられない禁色だった。

皇帝からの命を受けた者と考えて、差し支えないだろう。ごくり、と唾を飲み込む。

(私を、捕らえに来たのかしら)

悪運ももはやこれまでか。一瞬のうちに、幸せな記憶がよみがえった。よくやったと褒めてくれる祖父の大きな手の感覚。蘭月を見守る、祖母の優しい笑顔。

蘭月を守り、導いてくれた祖父は、もういない。

（おじいちゃん、おばあちゃん。ごめんなさい）

ぎゅっと目をつぶって、心のなかで謝る。このまま引き立てられ、牢にいれられると覚悟した蘭月だが、楽師たちの演奏が止まることはなかった。はっと目をひらく。

（どうして？）

蘭月が身につけている黒衣が見えないのか。

いや、舞台に出てからずっと、突き刺さるような視線を御座の奥から感じていた。御座の奥、つまりそこにおわすのは皇帝である。龍皇陛下は蘭月のことをしっかりと見ているはずだ。

（今は舞に専念しなきゃ）

大勢の視線が蘭月に集まっている。気を抜くと観衆に呑《の》まれてしまいそうだった。強いて意識を身体に集中させて、今はただ舞のことだけを考える。

少なくとも、この舞を踊り切るまでの間、蘭月の命は続く。この機会を逃がすものかと、蘭月はすべての神経を自分の一挙一動に集中させた。

曲は終盤に差しかかり、落ち着いていた拍子が徐々に激しくなっていく。蘭月が剣をしならせるとともに、しゃん、しゃんと、剣につけられた鈴の音もともに踊った。動くたびに、切り裂いた袖や裾が、羽衣のようにひらひらと揺れる。

蘭月が身につけているのは黒衣だ。皇帝陛下の喪を願っている、すなわち皇帝への反逆だと捉えられても仕方がない。それでも、蘭月に皇帝を害そうとする意志がないことは伝わって欲しかった。

天女のごとき優美さと、剣士のごとき雄々しさを。

顔も見たことのない、この国を守護する龍皇陛下ただひとりに向けて、蘭月は舞う。

無心で踊るうち、いつの間にか音は止まっていた。乱れた呼吸を整えながら、蘭月は震える手足で一礼する。

（——終わった？）

顔をあげても、舞台はしんと静まり返ったままだった。蘭月が視線をあげた先には、白妃の姿がある。今にも怒り狂わんばかりの、憎悪の表情を浮かべていた。蘭月が何事もなく舞を踊り切ったのが、悔しいのだろう。

蘭月は真っ直ぐに白妃の視線を受け止めた。

舞は無事に終わった。蘭月を止める者は、誰もいない。誰の拍手もないまま、蘭月は皇帝がいる御座へと一礼をして、颯爽《さっそう》と舞台を降りた。

第一章　唇を彩るのは真紅でしょう

舞台を降りてから、宴の席へ戻る気にはなれなかった。蘭月の出番はしっかりと終えた。最後まで出席するようにとは言われていなかったはずだ。蘭月は自分に与えられた宮――雅風宮《がほうきゅう》へと帰ることにした。

「蘭月さま、よろしいのですか？」

夜が増していく帰路の途中、侍女がおそるおそる声をかける。

「いいのよ。私がいても空気がおかしくなるだけだから」

「ですが……」

灯りを掲げた侍女は、困惑した表情を見せた。蘭月は事実を言っているだけだが、侍女は蘭月の言葉をどう捉えるべきか図り損ねているらしい。

「それに、疲れたから早く帰りたいの」

「では、滋養に効くものを作らせましょうか」

「要らないわ。ひとりにさせてちょうだい」

「……承知、いたしました」

蘭月に気を遣っての提案だとはわかっている。それでも、蘭月にはひとりになりたい理由があった。

雅風宮に着いた蘭月は、人払いをして一目散に寝所へ向かった。侍女たちには、寝支度も手伝わなくていいと伝えてある。あとは蘭月だけの時間だ。

「はぁぁぁぁ、今日も頑張ったわ……」

宴の前と変わらぬ平穏が寝所に広がっていた。蘭月は鏡台前の椅子にどかりと座り込む。深く息を吸い込むと、やっと肩の力が抜けた。心身ともに、疲労困憊《こんぱい》だった。こういう疲れたときは、自分にとびきり優しくするのが大事だ。

実家から持ってきたお気に入りの香に火をつけると、甘い麝香《じゃこう》の香りが広がった。香りを身体に纏《まと》わせ、鏡台に置いてあった硝子《ガラス》の瓶を手に取る。

中に入っているのは、茉莉花油《ジャスミンオイル》だ。今年の春に咲いた茉莉花をひとつひとつ丁寧に摘み乾かしたあと、扁桃油《アーモンドオイル》に漬け込んで作ってある。蘭月が掌事《ディレクター》を務める化粧品銘柄《ブランド》――『美蘭堂《びらんどう》』の人気商品、『蘭華露《らんかろ》』である。

蓋《ふた》をあけると、茉莉花の香りがふわりと漂った。胸いっぱいに吸い込むと、朝露の残る茉莉花の下にいる気分になれる。化粧落としに使うのはもちろん、お肌の保湿にも使えると、貴族から平民まで幅広く人気の商品だ。『蘭華露』を顔に塗り広げ、しばらく茉莉花の香りを堪能してから、くるくると手でなじませる。

目元を彩る朱が落ち、現れたのはすっきりとした――どこか物足りない瞼《まぶた》。先ほどまでの華やかさは消え、素朴な印象を受ける。きりりと目尻を跳ねあげた悪女らしい目つきもすっかり消え失せ、目力がまるで無くなる。鼻筋は化粧前と変わらないものの、薄く引いていた影《シェーディング》が消えた分、彫りがなくなったようにも見える。印象的な厚めの唇から彩が失われ、疲れた印象になる。

このすっぴんこそが、蘭月がひとりになりたい理由だった。

化粧が落ちると、まるで別人。本当の蘭月は、平々凡々な地味な顔をしている。特に可もなく不可もない、どこにでもいるような顔立ち。顔のなかで、唯一目を引くのが、右の目を覆うようにある蝶《ちょう》の形をした痣《あざ》だった。

生まれつきの痣《あざ》は、幼い頃から家族にさえ「不吉だ」と言われてきた。この痣《あざ》を隠すために、どれだけ気を遣ってきたことだろう。痣《あざ》が消えると言われたものは、試せるものはすべて試した。それでも、痣《あざ》は消えるどころかむしろ、日が経つごとに色濃くなっていった。

痣《あざ》を消すためには、もう奇跡に縋《すが》るほかない。このまま不吉な子として生きていくしかないと諦めかけていたときに、蘭月が出会ったのが化粧だった。痣《あざ》を隠すことのできる喜び――不吉な子ではない、違う人間になれる喜び。化粧をすることで、蘭月はやっと人間になれたような気がした。

『蘭華露』の硝子瓶《ガラスびん》を手に取る。翡翠《ひすい》色の曇り硝子に、蘭と月をかたどった文様が彫られている。蘭月の名前を題材に作ってもらった『美蘭堂』の文様だ。

自分に自信をくれた化粧を、もっと広めたい。蘭月と同じように悩める人々の力になりたい。そんな思いで始めたのが、『美蘭堂』だ。十八のときに始め、優秀な商人だった祖父からの教えを受けながら、三年という月日をかけて徐々に大きくしていった。『美蘭堂』の名前が広まり、それとともに蘭月という人間の評判も広まっていった。

そんな『美蘭堂』が楊家当主である兄に奪われたのが、約二か月前のことだった。半年前、蘭月をこれまで育ててくれた祖父が亡くなったことがきっかけだった。祖父は一代で楊家が営む商家――星辰商会を築きあげた商人であった。祖父はすでに隠居し父が相続していたが、その後兄と蘭月どちらに楊家を継がせるかという問題が持ちあがった。

結果として、蘭月は家督争いに負け、『美蘭堂』の権利を奪われることとなった。兄は『美蘭堂』の商品値上げを条件に販売を認めると言ったが、それに頷くことはできなかったからだ。

『美蘭堂』の商品は、平民から貴族まで手に取ることができるように、手ごろな価格に設定をしていた。大きくなった『美蘭堂』の売れゆきであれば、価格をあげることで少なくない利益を得ることができるだろう。兄はそこに目をつけた。

星辰商会の流通網を使って商品を販売していた以上、当主たる兄の許しがなければ『美蘭堂』を販売することはできなかった。価格をあげて販売を続けるか、それとも『美蘭堂』の販売を停止するか。苦渋の決断だったが、蘭月は『美蘭堂』の販売停止を決定した。

お金持ちしか手に入らない化粧品であれば、意味がない。誰にでも手に取ることができる商品、が蘭月の信念だった。

『美蘭堂』を奪われた蘭月に、兄は後宮入りの話を持ちかけた。蘭月が後宮入りすれば、楊家の評判があがる。それが政界に進出したい兄の打算だとわかって、蘭月はそれにのった。もし、蘭月自身の評判があがれば、『美蘭堂』を復活させることもできるはずだと思ったのだ。

少し出しすぎた『蘭華露』を優しく布でふき取って、鏡の前に置き直す。

(今日のことで、何かお咎《とが》めがあるかしら)

蘭月に向けられた視線の鋭さを思い出す。心の奥がざわつくような、居心地の悪さ。蘭月の一挙手一投足を、龍皇陛下はたしかに見ていたはずだ。

それなのに、どうして蘭月を咎《とが》めなかったのか。今こうして安全な場所でゆっくり考えてみても、龍皇陛下の考えがさっぱりわからない。ぐるぐると思考が回るだけだ。

今日は本当に疲れた。早寝は美容にも良いから、と自分に言い聞かせて、蘭月は普段より少し早く床につくことにした。

＊　＊　＊

目を覚ましたのは、まだ月の光が蘭月を照らす頃だった。

「ううん……」

ごろりと寝返りをうって、聞こえてくる音に耳を澄ませる。外から声が聞こえるのだ。

声の主は、猫のような、犬のような、どこかで聞いたことがある鳴き声だった。どちらとも判別しがたい声は、まるで蘭月を呼んでいるようにも聞こえた。

幼い頃に飼っていた犬のことを思い出す。ご飯が大好きなその子は、蘭月がご飯を用意するのを待ちきれずにくーんくーんと鳴いていた。

野犬か何かが後宮に潜り込んだのだろう。しばらくすれば衛兵たちが追い払うはずだと考えて、もう一眠りしようと目を閉じる。しかし、鳴き声が静まる気配はない。

しぶしぶ起きあがり、燭台に火をともした。中庭に面する窓をあけて耳を澄ますと、鳴き声は近くから聞こえてくる。侍女に声をかけ、見てきてもらおうかとも思ったが、こんな夜更けに起こすのは気が引けた。それに、今の蘭月は寝起きのどすっぴんだ。たとえ侍女であっても醜態《どすっぴん》を晒《さら》すわけにはいかない。

外を眺めて、また寝床に戻るを何度か繰り返すも、鳴き声は途切れない。それどころか、さらに鳴き声が大きくなっているような気さえした。ここまできて誰も様子を見にいかないのであればと、ようやく蘭月は覚悟を決めることにした。

「しょうがない、わよね」

こんな夜更け。外に人がいる気配もない。誰にもすっぴんを見られることはないはずだ。自分に言い聞かせるように小さくつぶやく。

窓から入った夜風が、蘭月の髪を揺らす。枕元に置いていた灯りを手に取って、蘭月は外に出た。雅風宮のはずれにある木陰から、声は聞こえている。羽織っていた夜着をぎゅっと巻きつけて、蘭月はおそるおそる木の下に足を進めた。

「誰か、いるの？」

こわごわと声をかける。蘭月の呼びかけに答えるように、すっと鳴き声は静かになった。草陰に何かいると思ったとき、がさりと音がしてその何かが一歩外に出た。

「っ⁈」

月あかりに照らされたそれは、鳴き声の通り、犬のようにも猫のようにも見えた。ぱっちりと大きな、うるうるとした瞳が蘭月を見あげている。庇護欲《ひごよく》をそそられた蘭月が手を差し出すと、その動物は蘭月の手をぺろりと舐めた。あたたかな湿った感覚に、くすぐったくて思わず笑みを漏らす。

「君はどこから来たの？」

すっかり警戒心は解けていた。お日様色の毛並みをしたこの動物は、どうやら後宮に迷い込んでしまったらしい。かりかりと夜着を引っ掻いてくるので、灯りを足元に置き、乞われるままに抱きあげる。柔らかなあたたかさが夜着越しに伝わってきた。思わず口角があがってしまう。

まだ幼獣のようだ。どこかに親がいるのだろうかと辺りを見渡した。

――その時だった。

聞こえた足音に、蘭月は咄嗟《とっさ》に顔を向けた。

「驚かせてしまったか」

心配そうにかけられた低い声に、蘭月は息を呑《の》んだ。

背の高い青年が、目の前にいた。月の光を背にしたその人は、透き通るような銀の髪をしていた。清流のような、青とも緑ともつかない碧色《へきしょく》の瞳は、真っ直ぐに蘭月を見つめている。月の都から来たと言われても納得してしまうほどに、美しい人だった。

思わず見惚《みと》れていた蘭月は、次の瞬間には、自分がすっぴんであることを強烈に後悔し始める。

月の光しかないおかげで、痣《あざ》までは見られていないと信じたい。それでも、自分が醜いすっぴんを晒《さら》しているという事実が耐えられなかった。

穴があれば今すぐにでも入る覚悟で周りを見渡すも、隠れられる場所は無に等しい。幼獣が隠れていた草むらに入ってしまおうと考えたところで、青年はゆっくりと蘭月に近づく。

「——やっと会えた」

ぽつり、と青年がつぶやく。

「な、何か言いましたか？」

「いや。それはこっちの話だ」

蘭月の問いに律儀に答えて、青年はまじまじと蘭月を見つめた。

その瞬間、蘭月はとある考えにたどり着く。

この後宮にいる、男とは。

こんな夜更けに後宮に足を踏み入れることが許される人物は、ひとりしかいない。

皇帝——漣龍その人だ。

（ま、まずい！）

こんなすっぴんを皇帝に晒《さら》すことになるなんて。わなわなと唇が震える。腕のなかの幼獣のあたたかさがなければ、悲鳴をあげて今すぐ卒倒するところだった。

「寒いのか？」

蘭月の気も知らず、青年は気づかわしげに声をかけた。

いつの間にか、足が震えていた。寒さのせいなのか、それとも極度の緊張のせいなのかはわからない。

青年が蘭月の答えを待っていることに気づき、蘭月は思い切り首を縦にぶんぶんと振った。すると、青年は迷う間もなく、自らが羽織っていた服を震える蘭月の肩にかける。

「あ、あ、あの⁈」

突然のことに頭が追いつかず、蘭月はただぱくぱくと口をひらいた。青年の羽織からは、美麗で爽やかな見た目とは似つかない、強烈な甘い香りがした。これまで嗅いだことのない香りなのに、なぜか涙が出そうになるほど懐かしい気がした。くらくらと目が回る。このままでは、卒倒してしまいそうだった。

「その、腕のなかにいる獣は？」

青年は蘭月に問いかける。羽織をかけるために蘭月に身を寄せた折に、腕のなかにいる幼獣に気づいたようだ。

「わ、私にもわかりません。鳴き声に誘われたようにここに来たら、この子がいて」

「ふむ。そなたは、白沢《はくたく》だな？」

青年がそうたずねたと同時に、幼獣はぴょんと蘭月の腕から飛び出した。

「なんでぼくが白沢だってわかったんだい」

幼獣が飛び出すのと同時に、少年のような高い声が幼獣のほうから聞こえる。

思わず蘭月はぽかんと口をひらいた。しゃべっているのは、先ほどまで腕のなかにいた幼獣らしい。くるくると蘭月の周りを回った幼獣は、満足したように青年の目の前で止まってお座りの形をとった。

「以前、文献で見たことがあった。この世のすべてを知るという瑞獣《ずいじゅう》、白沢。獅子の姿をした霊獣だったと記憶しているが……」

しゃべる幼獣にまったく動じずに、青年はすらすらと言葉を紡ぐ。

どうやら、幼獣は白沢というらしい。蘭月でも、名前は聞いたことがあった。

徳の高い為政者の御代に現れる、伝説の霊獣白沢。

蘭月が想像していたよりずっと小さいが、たしかに言われてみれば小さな獅子に見えなくはない。白沢が現れたということは、やはり目の前にいる青年は、皇帝漣龍なのだ。

「私の前に現れたということは、何か意味があるのか」

「意味はあるよ。気まぐれにここに来たわけじゃない。でも、仙界の掟《おきて》があるからきみにはなにも言えないよ」

「言えない、か」

漣龍が白沢に一歩近づくと、白沢は一歩下がる。漣龍がもう一歩近づけば、白沢ももう一歩下がった。どうやら漣龍のことは苦手らしい。

「私はあまり好かれていないようだ」

声の端にため息をのせて、漣龍は蘭月をちらりと見る。月光の影になり、漣龍の表情はよく見えない。

「君にはよく懐いているように見えるな。そうだ、名を聞いてもよいだろうか」

蘭月だ、と告げるのはためらわれた。蘭月がこの顔だとバレてしまったら、もうこの後宮にはいられない。背中に冷たい汗がつーっと流れていくのを感じる。

「わ、私！　蘭月様付の侍女なんです！」

勢いに任せて言うと、漣龍は側にある蘭月の宮に目を向けた。

「侍女？」

不思議そうな表情をして、漣龍は蘭月を見つめる。冷や汗が止まらない。

「そ、そうです。私は侍女なんです」

皇帝を騙《だま》すなんて、もしバレたらどうなるかわからない。それでも、今この嘘《うそ》だけは乙女の秘密としてどうか許して欲しい。蘭月は、勢いに任せて宣言した。

「そ、そうか。だが、侍女だとしても名はあるだろう」

「あ……」

侍女であることを強調しすぎて、名前については考えていなかった。

「か、華月《かげつ》と言います！」

咄嗟《とっさ》に頭のなかに浮かんだ名前を、叫ぶようにして言う。

「そうか。華月か」

なぜか嬉しそうに、漣龍は偽りの名をつぶやく。その表情を見て、蘭月の心がチクリと痛んだ。

自分の感情に戸惑いながらも、窮地は切り抜けられたと、蘭月はほっとひと息ついた。無事に身分を隠し通せたからには、こっちのものだ。後はどうやってここから帰るかだ。その時、白沢がてちてちと近づき、足の上に寝転んだ。

(かわいい！　けど‼)

白沢の姿はとてつもなくかわいい。

しかし、今すぐに漣龍の目の前から姿を消したいと思っている蘭月にとっては、地獄の始まりにも思えた。

「白沢はそなたに懐いているようだな」

感心したように言う漣龍に、蘭月はぎこちなく頷いた。

「そうだな……そなた、侍女だと言っていたな。しばらくの間、白沢を預かってはくれないか？」

「私がですか?!」

　まさかの展開に、声がうわずる。

「ああ。これでも瑞獣《ずいじゅう》と言われているような霊獣だ。野放しにするわけにもいかないだろう」

　かわいらしい犬に見えるが、仮にも瑞獣《ずいじゅう》だ。犬小屋を建てて勝手に飼うわけにはいかない。それはわかっているが、蘭月は何も言えずにいた。

　蘭月の沈黙を、困惑と受け取ったのだろう。漣龍は口元に手をやって考え込んだ。

「そなただけでは決められぬか。それもそうだな。では、こうしよう。私からそなたの主に頼んでみよう。そなたの主にも、謝礼を渡す。そうすれば、そなたにも主にも悪い話ではないと思うが」

　ごくり、と蘭月は唾を飲み込む。後宮妃の侍女に頼み事をするのであれば、主に話をつけるのはもっともだ。ただ、これ以上首を突っ込んでは蘭月の秘密を守ることができなくなってしまう。

「私に、そこまでしていただけるのですか？」

　言外にそこまでしなくてもいいと含みを持たせる。蘭月の問いに、漣龍はどこか嬉しそうに頷いた。

「もちろんだ。私が預かることができればよいのだが、この調子ではそれも難しそうだしな」

「それは、そうですね」

あはは、と苦笑いをしながら蘭月は白沢を見る。

白沢と目を合わせようとする漣龍と、その視線をことごとく無視する白沢。この時間で漣龍と白沢が打ち解けることは、できなかったようだ。うまく収めるには、蘭月が頷くほかなさそうだ。

「承知しました。私からも蘭月さまにお伝えしておきますね」

「あぁ。あとで文を出そう」

月の光に照らされながら、漣龍は微笑む。その笑顔の美しさに一瞬だけ見入ってから、とんでもないことに巻き込まれてしまったと後悔に苛《さいな》まれる。

それでも、嬉しそうな漣龍の顔を見て、撤回することはできそうもなかった。

＊　＊　＊

あれは、たしかに彼女だった。

朝の光のなか、漣龍は庭院《なかにわ》を歩いていた。考えを整理しようと、散歩を始めたのはよかったが、眠れずに歩いているうちに朝になっていた。どこかで鳥の声がしている。幸い、体力は有り余っているから疲れは感じない。問題は、一晩歩いているにもかかわらず、思考が止まらないということだった。

何十年ぶりだろうか。こんなにも感情が高ぶるのは。

彼女を目にした瞬間の、全身が逆毛立つような感覚が忘れられない。彼女とまた出会うためだけに、自分はここまで生きてきた。今度こそ、彼女と幸せになれる。そう思った次の瞬間、幸福感は強烈な渇きへと変化した。

今すぐに、彼女を手にいれたくてたまらない。

何も考えずに、彼女のことをさらってしまいたい。

だが、邪気払いの宴では、他の後宮妃たちの目がある。急《せ》く気持ちを、残り少ない理性で何とか抑え込んだ。そのはずなのに、漣龍は居ても立ってもいられなくなった。宴のあと、彼女の気配を手がかりに歩き出していた。花の香りに誘われる虫のように、ただ本能のままに向かった。そこに、彼女がいた。

ただ、宴のときに見かけた彼女とはまったくの別人に見えたのは驚いた。

漂う香りや雰囲気、気配は彼女のものだというのに、見た目はまるで違う。自らを「華月」と名乗っていたことも、何か事情があるのだろう。

準備が整い次第、皇后として召すつもりだったが、そうもいかなくなった。彼女のことを考えずに、自分の思いだけで突っ走ろうとするのは、悪い癖だ。流れる血がそうさせているのであれば、漣龍はそれを克服する必要がある。

漣龍は、龍の血を引く皇帝であった。龍の血を引く皇帝は長命であり、只人《ただびと》の三倍以上も長く生きる。只人《ただびと》では持て余す時間をかけて、皇帝はこの国を護る定めを負うのだ。

皇帝の伴侶となる人は、龍の番《つがい》と呼ばれていた。龍の番《つがい》となり、皇帝と誓いを結ぶことで、皇帝と同じ長き時を生きることができる。龍の血を引く者は、一目見ただけで一生の伴侶がわかるのだと言われていた。

(もう、二度と同じ過ちを犯すものか)

一度、漣龍は彼女を失った。彼女と番《つがい》になれると思った直後、奈落の底に叩きつけられた。あれからもう何十年も経っているが、彼女を失ったときのことを思うと、身が引き裂かれるような苦しみが去来する。

「陛下！　ここにおられたのですね」

遠くからかけられた青海の声に、そろそろ政務の時間かと現実に戻る。

漣龍がいないと知ってあちこち駆け回ったのだろう。少し息があがっている青海を見て、心苦しく思った。

青海は、漣龍の信頼する側近のひとりだ。彼が幼い頃から知っている。まだ小さな男の子だった青海も、あっという間に大人になり、漣龍と肩を並べるようになった。自分に流れる時と、人々に流れる時が違うことに、寂しい気持ちになる。

「すまない。少し考え事がしたくてな」

素直に詫《わ》びると、青海はため息をつきながら頷いた。

「今年の邪気払いの宴は、波乱を呼んでしまいましたね。後宮がせわしないのは、いつものことですが」

青海の目元には、黒々とした隈《くま》がある。後宮の細々としたことは、青海にすべて任せている。さらに青海に心労を増やすことになると思いつつ、漣龍は口をひらいた。

「青海、少し頼まれてくれないか」

「なんでしょう」

「昨夜の黒衣の後宮妃の周辺を隈《くま》なく調べてくれ。あとは、書庫に白沢に関する本があっただろう。全部自室に送っておいてくれるか」

「黒衣の妃のことでしたら、ひとまず私のほうで調べておきました」

「話が早いな」

漣龍が驚いている間に、青海がすらすらと情報を述べていく。

「楊蘭月。二十一歳。星辰商会を営む楊家のご令嬢です。楊家は先日、封爵されたばかりで、その縁もあり後宮入りしたようです。また、彼女は実家で『美蘭堂』という化粧品を作っていたようで、かなり平民たちから人気を博していたとか。その『美蘭堂』が販売を停止したのが二か月前。それからの後宮入りということで、他の後宮妃たちはかなり警戒しているようですね」

だから黒衣を着ていたのか、と合点がいった。

「そうか。今後も何か情報があればもらえると助かる」

「承知しました。黒衣の妃の件はともかく、なぜ白沢のことを？」

「昨日、白沢と出会った」

隠すことでもない。事実を述べると、青海は目を大きく見ひらいた。

「えええええ！　それは一大事ですよ」

「ここだけの話にしておいてくれ。少し気になることがあってな。皆に知らせるのはその後にしたい」

声を落として言うと、青海は神妙な面持ちになって頷いた。

「陛下がそうおっしゃるなら、私は何も言いません。今日中には本をお持ちします」

「すまないな。助かる」

「いえ、礼には及びません」

「それからもうひとつ。黒衣の妃——蘭月と話がしたい」

漣龍の言葉に、青海は固まる。

「何をするおつもりで？」

「白沢の件で、少し頼み事がある」

「念のために聞きますが、皇后に召されるだとか、そういった類のことではありませんよね？」

いずれはそう考えているが、まだ早い。今にも皇后へと命じたくなるのをぐっとこらえて、漣龍は首を横に振った。

「違う。ただ話がしたいだけだ」

「わかりました。手配をしておきましょう。漣龍さま、もしもですよ？　もしもそのような場合は、なるべく早めにおっしゃってくださいね」

眉根に深い皺《しわ》を作って言う青海の頼みに、漣龍は頷いた。

＊　＊　＊

夢を見ている。そうはっきりとわかる夢を見ていた。

夢のなかで、蘭月は後宮のなかにいた。美しい襦裙《じゅくん》を身に纏《まと》い、誰かと笑い合っている。こんなに笑ったのは久しぶりだ。心地よい疲労感に包まれている。

――漣龍さま。

夢のなかで、蘭月はそう口にしていた。

現実では一度も口にしたことがないその人の名を、愛おしげに呼ぶ。その瞬間に、目が覚めた。

「……ゆ、め」

幸せから一気に現実に戻され、身体は重い。

身体を起こそうとした瞬間、首元に重いものが乗っていることに気づく。

顔だけあげて首元を見ると、白沢が気持ちよさそうに寝ていた。蘭月のことを寝具だと思っているのだろうか。ふっと笑い声が漏れて、力が抜ける。

たしかに、今朝はいつもより少しだけ寒い朝だった。秋が近づいているのだ。首元は暖かいから、ここで暖を取っていたのだろう。

昨夜、白沢や漣龍に会ったのは夢ではなかった。何が夢で何が現実なのか。気を抜くとわからなくなってしまいそうだ。それでも白沢のあたたかさが、昨夜の邂逅《かいこう》が本物だと蘭月に教えていた。

「蘭月さま、おはようございます」

その時、寝所の外から侍女が声をかけた。部屋のなかに差し込む陽《ひ》の光。いつもなら起床している時間を過ぎている。声に驚いたのか、白沢が蘭月の首元から降りてしまい、首元が寂しくなった。

「今起きたの。もう少し待っていてくれるかしら」

「かしこまりました」

侍女に向かって声をかけると、足音は通り過ぎていった。蘭月が身支度を手伝わせないことがわかっているのだ。

「らんげつ、ぼくのご飯、用意してくれるよね？」

ぴょんと牀《ベッド》から飛び降りた白沢が、蘭月を見あげる。少し舌ったらずな少年の声が小さな獅子から聞こえてくるのは、やはり不思議だ。

「もちろんです。白沢さまは、何を召し上がるんです？」

「ぼくはね、甘いものが好き！」

「甘いもの……」

目をきらきらと輝かせ、白沢が一番に出した食べ物に、蘭月は思わず考え込む。

「念のため聞いておきますが、お肉ではないんですよね」

「お肉はぼくの舌には合わないよ」

「そうなんですね」

白沢のほうからドヤ、と聞こえた気がした。これだけ自信たっぷりに言われては、これ以上反論できない。どう見ても肉食動物だが、甘いものが好物らしい。

「わかりました。準備してきます。白沢さまはもう少し寝ていても大丈夫ですよ」

「あ〜い」

かわいらしく返事をして、白沢は蘭月の温もりの残った牀《ベッド》の上で再度丸くなる。その姿を見てにやけそうになる自分を律しながら、蘭月は鏡台の前に座った。

空の盆に水をいれると、水のなかには平凡な蘭月の顔が映っている。昨夜は一番見せてはいけない相手にすっぴんを見せてしまった。今からでも自分は蘭月ですと白状してしまおうかと頭によぎったが、頭を振って思考を消す。

冷たい水で顔を洗い、薔薇《ばら》の香りをつけた化粧水を肌に浸透させる。そして顔全体に一度薄く白粉《おしろい》をはたいた。

これも『美蘭堂』の人気商品で、『月蘭紗《げつらんしゃ》』という。夜空に輝く月のように肌を自然に明るくする効果と、美しい紗《しゃ》をかけたように、顔の色むらや凹凸をなくしてくれる効果がある。はたくだけで美人になれるという触れ込みで、人気を集めていた。

肌が綺麗な人であればこれだけで十分だが、蘭月の痣《あざ》までは消えてくれない。痣《あざ》の上から、肌色の膏《コンシーラー》を塗りたくる。厚く塗りすぎると、塗ったところが目立ってしまう。厚すぎず、薄すぎない絶妙な塩梅《あんばい》。毎日塗っているのに、この工程はいつも気が抜けない。ちょうどいいところで塗るのをやめ、しばらく乾燥させてから、もう一度上から『月蘭紗』をはたいた。これで、土台の完成だ。

次は目だ。蘭月が好むのは、強い女に見える化粧《メイク》だ。目尻を跳ねあげ、つり目に見せる。強い目力を求めて、上瞼《うわまぶた》に朱色の陰影をのせる。平凡な顔が、一気に華やかになっていく。最後の仕上げが唇だ。元の唇よりふっくら見せるために、少しはみ出すぐらいに、真っ赤な口紅を大げさに塗る。これが『美蘭堂』の一番人気商品――『紅蘭華《こうらんか》』である。しっかり保湿してくれるだけでなく、飲み物を飲んでも色が落ちにくい。鉱石だけでなく染料も使って、従来の口紅より発色が良いのが売りのひとつだった。

蘭月がよく使っているのは、『紅蘭華』のなかでも深い紅色をした『牡丹紅《ぼたんこう》』という品だ。牡丹《ぼたん》のような艶《あで》やかさと上品さを兼ね備える色で、蘭月の一番お気に入りである。塗るだけで、顔色が明るくなり、しゃきっと気持ちが切り替えられるのだ。

最後に鏡の前で澄ました顔をする。意志の強そうな悪女顔が、こちらをじっと見据えている。満足して、蘭月は立ちあがった。

食卓へ向かうと、侍女たちが勢揃《せいぞろ》いして蘭月を待っていた。蘭月の訪れに、侍女たちは一斉に頭を下げた。総勢二十名弱の侍女たちの間に、ぴりりとした雰囲気が漂う。

後宮入りしてから約二か月。蘭月はまだ侍女たちと打ち解けられていなかった。

侍女たちであっても、すっぴんを見せるわけにはいかない。身の回りの支度を任せることもなければ、寝所に入ることさえも禁止している。蘭月からすれば、自分を守るための行動だが、侍女たちから見たら信頼されていないと捉えられても仕方ない。

侍女たちは、蘭月のことを良く思っていないらしい、というのが二か月のなかで知ったことだった。

本来後宮に来るのは、財力のある良いところのお嬢様だ。蘭月のような平民の出が来るところではない。侍女として雇われるのも、貴族出身など十分な教養のある女性たちであることが多かった。平民から貴族にあがった蘭月に対する嫉妬や妬《ねた》みの類もあるのだろう。

侍女たちに良く思われていないのに加えて、蘭月も歩み寄る努力ができていない。それが、今この瞬間に流れる気まずい沈黙の原因だった。

蘭月は無言のまま食卓につき、目の前に出された朝餉《あさげ》を頬張る。

「蘭月さま。こちらを陛下よりお預かりしております」

朝餉《あさげ》を食べ終わったとき、ひとりの侍女が蘭月に近づいた。

蘭月に手渡された文には、陛下直々の文であることを示す玉璽《はんこ》が押してある。

玉璽《はんこ》を見た瞬間、心臓が止まるかと思った。昨夜のことがまざまざと蘇《よみがえ》ってきて、このまま几《つくえ》に突っ伏したくなる。

「こ、これはいつ届いたのかしら」

渡された文から視線をあげ、蘭月は冷静を装って侍女にたずねた。

「朝方に青海さまがいらっしゃっておりました」

青海、とは漣龍の側近だったはずだ。尚書《しょうしょ》として、後宮を取りまとめる役目を持つ。彼がやってきたということは、この文は本物なのだろう。

見る勇気が出ずに、裏表にと文をひっくり返す。書いてあることに、おおよその予想はついていた。

邪気払いの宴の件か、華月の件か。

華月の件については、こんなに早く動くはずがないと、選択肢を頭のなかで排除する。残るは、邪気払いの宴についてだ。

（こんなに嬉しくない皇帝からの文があるのね）

蘭月は思わずため息をついた。それでも、後宮妃である蘭月にとって、漣龍の意志は絶対だ。ひらかないという選択肢はない。意を決して文をひらく。

誰かの代筆だろうか。存外に綺麗な字が並んでいた。ゆっくりと文字を読み込む。一度読んだだけでは理解できず、もう一度読み直す。それでも理解が追いつかない。

（宴については、ひとつも触れられてない？）

書いてあるのは、昨夜会った侍女についてだった。伝えたいことがあるから、会いに来て欲しいとだけ書かれている。侍女の主への依頼だ。

（こんなに早急に動くなんて、漣龍さまは白沢さまのことを重要視しているのかしら）

瑞獣《ずいじゅう》である白沢のことを考えると、急いで動くべきだということは理解できる。とはいえ、華月として漣龍の御前に出なければいけないのは気が重かった。

「蘭月さま、文には何と？」

文を読み終わっても静かにしている蘭月に、心配そうに侍女のひとりが声をかけた。つい考え込んでいた蘭月は顔をあげる。蘭月の表情を見た侍女は、びくりと肩を震わせた。

「も、申し訳ございません」

何かしてしまったかと考えて、眉間に深い皺《しわ》を寄せていたかもしれないと気づく。

「謝る必要はないわ」

侍女の謝罪にゆるゆると首を横に振る。侍女たちの前で声を荒らげたことは一度もない。それなのにこれだけ怖がられているのはなぜなのか。蘭月には解せなかった。

「これから……陛下の元へうかがうことになったわ」

怖がらせないように、強いてゆっくりとした口調で言う。

「そ、それは宴の件でしょうか」

「そうかもしれないわね」

蘭月は曖昧に頷いた。白沢のことも華月のことも、できるだけ隠しておきたい。侍女たちも事の顛末《てんまつ》を知っている、宴の件だと言ったほうが穏便に進むだろう。

「それでは、蘭月さまに何かお咎《とが》めがあるということでしょうか」

別の侍女が血相を変えてたずねた。

「さぁ。今のところわからないけど、その可能性はあるわね」

蘭月の言葉に、侍女たちがざわめいた。後宮において、主の失態は侍女の失態である。その逆もしかりだ。主に吹く風向きひとつで、仕える侍女の暮らし向きはがらりと変わる。

何事もなく、衣装が黒衣にすり替わることなどない。このなかに、蘭月を白妃に売った者がいるはずだ。

ざわめく侍女たちを横目で見る。顔面蒼白《そうはく》な者、冷静さを装っている者、涙をにじませる者。これから蘭月と自分たちに降りかかるであろう罪を想像しているのか、一様に顔色が悪い。

誰も悪くない。自分の侍女に限って、裏切るはずがないと言えたらよかった。だが生憎なことに、今の蘭月には心から信頼できる侍女はいない。

覚悟を決めて、蘭月は口をひらく。

「あなたたちに、暇を出させてもらうことにしたわ」

侍女たちは驚いた表情で蘭月を見つめる。事実上の解雇宣言である。困惑しているのがありありと見て取れた。

「それは、私たち全員をくびにするということでしょうか」

ひとりの侍女がおずおずと意見する。

「端的に言えば、そうね」

客観的に見たとき、蘭月は邪気払いの宴で失態を晒《さら》した後宮妃でしかない。普通であれば、この状況で蘭月の元に進んで残りたいと思うはずがない。もしこれで残りたいと所望する者がいるとしたら、蘭月を監視したい者――すなわち白妃との繋《つな》がりがある人物だと言えるはずだ。多くの侍女を切るという荒療治だが、侍女たちとの関係性ができていない今だからこそできることだ。

突然の提案に、侍女たちは困惑しているようだった。最後の駄目押しとして、蘭月は人差し指を立てて提案する。

「いきなりのことで、あなたたちも困るでしょう。幸いなことに、私の実家にはお金があるから。退職金は弾んでおくわ。悪い話ではないと思うけれど」

薄い笑みを口元に貼りつけて、蘭月は提案する。金に物を言わせるのは好きではないが、こうでもしないと、侍女たちにここから出ていく口実を作れない。

蘭月の提案に、沈黙を貫いていた侍女たちもひとりふたりと、その場で暇をもらって去っていく。

たったひとりだけ、蘭月の元に残ると言って聞かなかった侍女がいた。

「あなた、喬琳《きょうりん》だったわよね？」

蘭月は残った侍女に声をかける。彼女のことは知っていた。侍女たちのなかでも、ひときわ目立つ見た目をしていたからだ。明るい茶髪に、灰色がかった瞳。一目見ただけで、龍雲国の生まれでないことがわかる。

「はい。喬琳と申します」

蘭月の声掛けに怯《ひる》まず、喬琳は答えた。

「どうしても、私に仕えると言うのね」

「私には、他に仕える先がありません。どうか、ここに置いてください」

喬琳は蘭月へ向けて深々と頭を下げる。

「私はこれから陛下の元へ向かうつもりよ。何かお咎《とが》めがあったとき、あなたも連座することになるかもしれない」

「わかっております」

蘭月とともに罪に問われる可能性を伝えても、喬琳の表情は変わらない。度胸があるのか、それとも内心では他の考えがあるのか、蘭月には判断がつかなかった。

「……わかった。あなたには侍女として残ってもらおうかしら」

「ありがとうございます」

そう言って、やっと喬琳は表情を緩ませる。

そこまでして、蘭月の元にとどまりたい理由は何だ。喬琳が黒衣にすり替えた犯人だとしたら、なぜ白妃に従っているのか目的に見当がつかない。

「それじゃあ、陛下の元へ向かう支度をしてくれるかしら」

「かしこまりました」

喬琳が頭を下げて出ていく。蘭月はふぅとため息をついた。

(これから慎重に探っていく必要がありそうね)

喬琳が犯人だと決まったわけではないが、その可能性は高い。白妃と繋《つな》がっているとすれば、また何か仕掛けてくるかもしれない。気を引き締めて、漣龍の元へ向かわなければならない。蘭月はもう一度息を深く吐いた。

＊　＊　＊

「青海さま。楊蘭月の侍女たちが用があると」

「侍女たち？」

青海は使用人に聞き返す。使用人は困った表情で頷いた。

「はい。青海さまにお会いするまで、帰らないと」

「それはまた強行手段に出ましたね」

　青海は乾いた笑い声をあげた。青海の務めは後宮を取り仕切ることだが、後宮妃と侍女間のいざこざは領域外だ。本来なら当人同士で解決してもらうところだが、聞き捨てならない言葉があった。

「楊蘭月の侍女、と言いましたね？」

「本人たちはそう名乗っています」

　ふむ、と青海は考える。漣龍から、蘭月について調べろと命を受けている。良い機会ではないか。

「本来は介入しないのですが……特別に許しましょう。連れてきてください」

「承知しました」

　使用人は丁寧に腰を折っていなくなる。数分して、ふたりの女性を連れてきた。ひとりは三十後半といったところか。後宮で働く侍女のなかでも古参のほうだろう。もうひとりは二十代前半か。初々しい雰囲気だった。几《つくえ》の前に並んだふたりは、恭しく礼をする。

「このような機会をいただきありがとうございます。青海さまにおかれましては――」

「堅苦しい挨拶は不要です。単刀直入に要件をお聞きしましょう」

　青海は途中で口を挟んだ。青海には時間がない。長々と聞いてはいられない。年嵩《としかさ》の侍女が、覚悟を決めた面持ちで一歩前に出る。

「私どもは、蘭月さまに解雇されました」

侍女は言葉を続ける。

「私だけではありません。他の侍女たちも、ほとんど全員です。これからどうしていけばいいのか。困り果てて、こうして青海さまを頼りに来たのです」

侍女の人事は青海の管轄外だ。何もできないと知りつつ、青海はたずねる。

「ふむ。理由を聞いてもよいですか?」

「それが……よくわからないのです」

困った表情で、侍女は言った。

「わからない、なんてことがありますか?」

「本当によくわからないのです」

黙って聞いていた若い侍女も、同様に声をあげた。

「私たち、仕事はきちんとこなしていました」

「蘭月さまとの間に、何かありましたか?」

若い侍女が、ぴくりと肩を震わせた。昨夜の宴で、楊蘭月は黒衣で舞をおこなった。漣龍が出席する祝いの宴で、自ら進んで黒衣を身につけるはずがない。青海としても、蘭月は誰かに貶《おとし》められた可能性が高いと考えていた。

他の妃と結託している侍女がいると推測し、侍女を解雇するという選択を取るのも頷ける。

（別に侍女を雇い続ける必要も、ないですからね）

「……蘭月さまは、冷淡な方だと聞いています。敵味方問わず、自分に利がなければ容赦なく切り捨てる悪女だと」

年嵩《としかさ》の侍女が遠慮がちに言った。

「ほう。それで？」

青海は眉をあげた。こういう話を待っていた。書類からは知り得ぬ蘭月の情報を。

「そもそも最初から、私たちを切るつもりだったのかもしれません。蘭月さまは侍女を信用していませんでした。寝所に入るのも、持ち物に触れるのも禁止していました」

何か秘密を抱えているのか、それとも極度の人間嫌いか。青海は考え込む。

「蘭月さまに関する噂《うわさ》は、他にも聞いたことがあります。蘭月さまは競合する商家を徹底的に潰《つぶ》し、自らの化粧品を売り込んでいると聞きました。使えるものはすべて使う冷酷な野心家なのです」

青海は宴で見た蘭月の姿を思い起こす。どこか近寄りがたさを感じる美貌の持ち主だった。冷淡、野心家と侍女たちが言うのもわかる。

「あの方は悪女です。私たちの気持ちなんて、何もわかっていません」

吐き捨てるように、若い侍女が言った。青海はちらりと控えている使用人を見やった。そろそろ、時間だ。これ以上、話を聞いても得られるものはなさそうだった。

「ご報告ありがとうございます。興味深い話が聞けました」

微笑んで退席を促す。まだ言い足りなそうな表情をしていたが、侍女たちは使用人に連れられて退席する。

「……悪女、ねぇ」

誰もいない部屋に向けて青海はつぶやいた。静けさのなかに、青海のつぶやきは消えていく。

(漣龍さまには、伝えないほうがよさそうだな)

漣龍は、楊蘭月を気に入っているように見えた。

侍女の話だけでは、まだよくわからない。引き続き、彼女について慎重に調べる必要がありそうだった。

＊　＊　＊

「楊蘭月。ただいま参りました」

漣龍の待つ、龍の彫刻がびっしりと彫られた扉の前で、蘭月は自分の名前を宣言した。

「入れ」

扉の向こうから、昨夜と同じ低い声が聞こえてくる。

ごくり、と唾を飲んで蘭月は扉をひらくのを待つ。ぎぎぎ、と重い音がして中から扉がひらいた。

おそるおそる足を踏みいれると、大きな几《つくえ》に向かう漣龍の姿が見えた。

扉の側には、蘭月と同じ二十歳前半ごろの青年が立っている。昨夜、楽師たちの元へ向かった側近だった。文官というよりは、武官といったほうがしっくりくる大柄の体格。顔の彫りが深いからか強面《こわもて》に見えるが、蘭月を見つめる視線に棘《とげ》はない。

漣龍は月光のような銀の髪を耳にかけ、何やら書き物をしていた。蘭月が歩みを進めると、涼やかな碧《あお》の瞳が蘭月を捉える。一瞬だけ、その瞳が金色に見えた気がして、蘭月はぱちぱちと目を瞬いたが、次の瞬間には碧色《へきしょく》の瞳に戻っていた。見間違いだったようだ。

月光を頼りに表情を見ていた昨夜と比べ、今日は陽《ひ》の光の元で漣龍を観察することができた。蘭月の見間違いでなければ、漣龍はなぜか緊張しているように見えた。

「そなたが蘭月だな」

「はい。楊蘭月と申します」

昨日会った侍女と同一人物とは思われたくなくて、意識的に低く艶やかな声を作る。気合をいれて、『紅蘭華』を塗り直してきた。これなら、堂々とした強い女に見えるはずだ。

「このようにいきなり呼び立ててすまない」

「いえ。昨夜の宴では、とんだご無礼をお許しください。特別な日にもかかわらず、あのような恰好で御前に出てしまいました」

黒衣のことを詫《わ》びると、漣龍は鷹揚《おうよう》に笑って否定する。

「私は特に気にしていない。むしろ、良いものが見れた。そなたが舞うたびに、袖がひらめく姿はさながら天女のようだった。なぁ、青海」

青海、と声をかけられた隣の青年も、大きく頷いた。

「はい。とても素晴らしい舞でした」

「こ、光栄でございますわ」

まさか褒められるとは思ってもみなかった。値踏みするような青海の視線を感じ、居心地が悪い。ほほほ、と笑うのが精一杯だった。

「ところで、侍女から話は聞いているか？」

内心、ぎくりとしたことを悟らせないように、蘭月は微笑む。ひきつった笑顔になっていた自信がある。

「はい。あらかたの事情は」

「そうか。ならば話が早い」

いくぶんか、漣龍の表情が和らいだ。

「そなたの侍女には、白沢の管理をしてもらいたいと考えている」

「それはもちろんですわ」

「恩に着る。それと、そなたに負担を強いてしまいすまないのだが、定期的に侍女を借りてもよいだろうか？」

「はい？」

思わぬ言葉に、蘭月は目の前にいるのが皇帝であることも忘れ、たずね返した。

「つかぬことをお聞きしますが、侍女を陛下にお貸しするとは、どういうことでしょう」

「そなたの大切な侍女であることは承知している」

「いえ、それは特に、大切というわけではなくてですね」

華月は侍女ではなく、自分だ。居心地の悪さにもごもご返事をするが、漣龍は気にせず言葉を続ける。

「私としても、瑞獣《ずいじゅう》である白沢のことをきちんと把握しておきたいと思っているのだ。だから、定期的に侍女と白沢でここを訪れてもらえないか」

「さ、さすが陛下のお考えですわ」

ほほほ、と口元に手をやりながらこの場をどう切り抜けるか思案する。心臓がどっどっとうるさく鳴っていた。昨夜漣龍から華月に直接預かってくれと頼まれていたが、これ以上華月として漣龍の前に出たくはない。そんなことをしたら、華月が蘭月だということがばれてしまう。それにどう考えても、すっぴんを美しい漣龍の前に見せるのは申し訳なさすぎた。

「無理を言ってしまってすまない」

心から申し訳なさそうに言う漣龍の姿に、蘭月のほうが悪いことをしている気持ちになる。

すっぴんを見せたくないのは、蘭月の個人的な事情からだ。皇帝として、白沢のことを知っておきたいのは当然のことだ。

覚悟を決めて、ぐっと視線をあげる。碧玉《へきぎょく》の瞳と目が合った。

「――承知しましたわ」

覚悟を決めて頷けば、ぱっと漣龍の顔が明るくなったような気がした。

「ありがとう。そなたの度量の大きさに助けられたな」

「いえ、滅相もございません。妃たるもの、これぐらい当然ですわ」

蘭月の心臓はいまだうるさく鳴っている。混乱する胸のうちを隠したまま、淑女として完璧な上品な笑みを口元に貼りつけた。蘭月の言葉にほっとしたのか、漣龍はひと息つく。

「白沢のことについては、私とそなた、そしてそなたの侍女の間でとどめておいてくれ。むやみに白沢の登場を知らせては、民も動揺するだろう」

「はい」

頷いてから、蘭月は逡巡《しゅんじゅん》する。

白沢は、徳のある為政者の前にしか現れない。白沢の訪れとは、すなわち漣龍の治世がこれから先も安泰であると示すのと同義だ。長命である漣龍の治世は、蘭月たち只人《ただびと》にとっては一生に近しい。今を生きる民に知らせれば、民もさらに安心するはずだ。

しかし、政治に携わる権限のない蘭月がここで口出しするのは憚《はばか》られた。漣龍には漣龍の考えがあるのだろう。役目を終えた蘭月は、そのまま部屋を辞した。

＊　＊　＊

それから三日。蘭月は鏡の前でため息をついていた。

漣龍と約束を交わしてしまってから、三日。今日の午後は白妃を含めた後宮妃たちとのお茶会、そして夜には華月が漣龍の元に呼ばれることになっていた。

お茶会とは言うものの、ある種尋問のようなものだ。

邪気払いの宴を経て、何のお咎《とが》めもなく後宮妃として暮らしている蘭月に探りをいれたいという白妃の意図は明らかだった。

後宮妃としての位《くらい》は、白妃が絶対的に上だ。いわれのない悪口や嫌がらせは無視しておけばいいが、こう直接的に誘われてしまえば、無碍《むげ》にするわけにもいかない。

どんな罠《わな》が待ち構えているかと思うと、気乗りはしなかった。蘭月の心模様が反映されているのか、今日はどんな化粧《メイク》にするかも思い浮かばない。はぁ、と大きなため息がもうひとつ飛び出す。

「らんげつ、どうしたの?」

ぴょん、と膝の上に乗ってきた白沢が蘭月に問う。

なぜかいつも甘い香りのするふわふわの頭を撫《な》でながら、蘭月は白沢に話しかける。

「何でもありませんよ。今日はどんな化粧をしたいか思い浮かばなくて。白沢さまは、化粧を知っていますか?」

「もちろん、知ってるよ! 女の人が顔にいろいろ塗りたくるやつでしょう?」

「うーん。だいたい合っていますかね。化粧は塗りたくるだけではありません。自分に自信がない人に自信をつけてくれる、おまじないみたいなものです。私は化粧なしでは生きていけないほど、化粧に頼り切っちゃってますね。……そう、私は化粧なしで人前に出る勇気がないのです」

　今日の夜には、またすっぴんで漣龍の前に出なければならない。

　昼のお茶会を無事くぐり抜けても、夜にはまたすっぴんを見せるという苦行が待っている。いつ華月が蘭月だとばれるかもしれず、心労に心労が重なること間違いなしだ。

「らんげつは、らんげつなのに？」

　きょとんと首を傾げる白沢。うっと声をあげて、蘭月は鏡台に突っ伏した。

「そうなんです。私は私なんですけど。でも私のなかでは違う人間というか」

「人間っていつも変なことばっかり」

「白沢さまは、仙界からいらしたんですもんね」

　白沢とともに過ごし始めて三日。

　意外にもおしゃべりな白沢に、蘭月はすっかりなじみ始めていた。後宮入りして最初にできた、気兼ねなく話せる友人のような存在だった。

「そうだよ、ぼくは仙界から来たんだよ！」

「仙界ってどんなところなんですか？　漣龍さまのご先祖さまでいらっしゃる龍神さまもいるって聞いたことがあります」

　蘭月の言葉に、白沢はむすぅと顔色を曇らせる。

（聞いちゃいけなかったかしら）

「龍神は、人使いが荒い。仙界は、凄《すご》いところだけど楽しくない。おしごと、たいへん」

　とたんに悲しげな顔をする白沢を見て、仙界にもいろいろあるのだと察する。人間界とさほど変わらないところなのかもしれない。

（仙界も、意外に大変なのね）

「白沢さまは、仙界をあまりお気に召してはいないのですね？」

「うん。仙界では皆こき使ってくるし、あんまり食べ物美味《おい》しくないし……」

　ぐぐぐ、と音が出そうなほど眉間に皺《しわ》を作る白沢。いつもぴんと立っている耳もぺこーっと下がっていく。

（こんなかわいい生き物をこき使う人がいるなんて！）

「じゃあ、ここでは思う存分美味《おい》しいものを食べて楽しんでくださいね」

「わーい！」

　蘭月の言葉に、すっかり耳が立ちあがって元気になった白沢。蘭月は思わず笑みをこぼした。その時、控えめに扉を叩く音が聞こえた。白沢用に頼んだものが届いたらしい。

「蘭月さま。頼まれていたものをお持ちしました」

「ありがとう。そこに置いてくれる？」

「わかりました」

喬琳の足音が消えるのを待って、蘭月はこっそりと扉をあけた。まだ化粧《メイク》ができあがっていない中途半端な顔は見せられない。

現状、残った侍女は喬琳ひとりだが、今のところ不自由なく過ごせている。後宮に入る前から、自分のことは自分でやってきた。化粧をはじめ、自分のこだわりを貫くためには自分でやるしかないからだ。たくさんの侍女に指図するより、自分でやってしまったほうが早い。『美蘭堂』も、そうやって蘭月が主になって作りあげてきた。

「白沢さま、今日は桃饅頭《ももまんじゅう》を作ってきてもらいました」

ほかほかと湯気を立てる蒸籠《せいろ》を抱えながら、白沢へ声をかける。

「桃?!」

ぴょこんぴょこんと跳ねながら、白沢は蘭月の周りを歩き回る。その目が輝いているのを見て、蘭月は得意げに胸を張った。

「仙界では桃が名産だって聞きました。なので、白沢さまにはぴったりかなと思いまして」

「これは、桃なの？」

くんくんと匂いを嗅いだ白沢は、不思議そうな表情で蘭月を見つめた。

「桃の形をしたお饅頭《まんじゅう》です。なので、なかには餡子《あんこ》が入っているんですよ」

「あんこ?!」

「そうです！　白沢さま用なので、甘めに作ってもらいました」

「わーい、さすがらんげつ！　これ、全部食べていいの？」

「はい、全部食べても大丈夫です」

蘭月が言うや否や、白沢は大きな口をあけてかぷりと桃饅頭《ももまんじゅう》にかぶりついた。ちらりと見えた鋭い犬歯を使う日は来るのだろうか。平和な光景に、蘭月の口元はじわじわと緩んでいく。

「白沢さまのおかげで、今日も頑張れそうです」

かわいいは正義だ。心労の重なる一日を乗り越える元気が湧いてくる。

蘭月は張り切って、鏡台の前に座り直した。桃饅頭《ももまんじゅう》と白沢を見て、ぴんとくるものがあった。鏡台の引き出しをあけて、ごそごそとお目当てのものを探し出す。

(今日はこの色に、決めた！)

お目当ての『紅蘭華』を見つけて、蓋《ふた》をあける。桃色と橙色の間《だいだい》、瑞々しいすも色——品名は『蘭果《らんか》』。蘭の優美さと、果実の瑞々しさを組み合わせた名前だ。目に飛び込んでくる鮮やかな色ににんまりし、一度蓋《ふた》を閉じる。今日の主役はこの子だ。

口紅に合わせて、目元を彩るのは橙色《だいだい》。いつも通り目尻は跳ねあげつつも、角度は幾分か大人しくする。今日はお茶会に行くのであって、戦いに行くのではない。白妃に思うところはあるが、その他の参加者に喧嘩《けんか》を売りたいわけではなかった。

（橙色《だいだい》も、似合うわね）

自画自賛しながら、目元を彩る筆を動かす。鮮やかな色合いを見ているだけで、元気が湧いてくる。快活で明るい印象を与える目元ができあがった。

最後の仕上げに、『蘭果』の蓋《ふた》をひらく。手のひらにちょこんと収まる器の中に、口紅が入っている。一時期は生産が追い付かず欠品を繰り返していたが、開発者の特権として、いくつか予備を持っていたのが功を奏した。

薬指で口紅をすくい取り、唇に触れる。じゅわりと唇の温度で溶け、すもも色が艶めく。上品で、艶《あで》やか。柔らかさと快活さを纏《まと》う今日の化粧《メイク》が完成だ。

「よし、いいわね」

鏡に映った自分を見て、蘭月はにこりと微笑む。鏡越しに着飾った自分も、笑い返す。好きな自分になることは、何よりの自信だ。これなら、憂うつな一日を乗り越えることができそうだった。

準備を終え、喬琳とともに今日のお茶会の会場へと向かう。お茶会は白妃が住む宮――菊花宮《きっかきゅう》でおこなわれることになっていた。

土地勘のない蘭月は、喬琳の道案内に従って歩くしかない。高位の妃になれば輿《こし》を使うこともできるが、蘭月のような新入りには許されていない。土塀が続く後宮はまるで迷路のようで、喬琳がいてよかったと心から思った。

「喬琳は、後宮に来てから長いの？」

「いえ、それほど長くはありません」

道すがら喬琳に話しかけるものの、なかなか会話は続かない。

喬琳が白妃と繋《つな》がっているかもしれないという疑念は、胸のなかでくすぶり続けている。

他の侍女たちがいなくなってから、喬琳は実直に働いてくれていた。怪しい素振りを見せることもなく、必要以上に蘭月に接触しようともしない。蘭月が喬琳のことを疑っていることに、気づいているのかどうかさえわからない。喬琳という人物は掴《つか》みどころがない。

なぜ白妃に従っているのかを探る前に、まず喬琳という人物を知る必要があった。

歩いているうちに、先ほどまで曇っていた空から、急に陽《ひ》の光が降りてくる。前を歩く喬琳の茶髪が、陽《ひ》に反射してきらきらと光って見えた。

「喬琳の出身はどこら辺なの？　すごく綺麗な髪の色をしているわよね」

あまりに綺麗な喬琳の髪を見て、思わずたずねてしまった。喬琳の足がぴたりと止まる。

「ごめんなさい。不躾《ぶしつけ》な質問だったわね」

触れてはいけないことに触れてしまったのではと、蘭月は咄嗟《とっさ》に謝罪した。

龍雲国ではなかなか見かけない髪色だ。何か複雑な事情があるのかもしれない。無《ぶ》遠慮《えんりょ》な質問だった。蘭月は唇を噛む。

「私は、西方の出です」

蘭月の後悔を悟ってか、ぽつりと言って喬琳はまた歩き出す。

「私の母は、龍雲国の人間ではありません。だから、こんな髪をしているのでしょう」

「綺麗な髪色だと思うわ。私にはない、綺麗な小麦色」

心を込めて言うと、喬琳はぷっと噴き出した。

「髪の色を小麦に例えられたのは初めてです。そんなに美味《おい》しそうな色をしていますか？」

変な例えをした自覚が湧き、かーっと顔が赤くなる。それでも、いつもどこか暗い表情をしている喬琳が笑ってくれたことが嬉しかった。

「蘭月さまって、細い身体では信じられないぐらい、甘いものを召し上がりますよね」

「それは……」

実際には自分ではなく白沢が食べているのだとは言えず、口ごもった。ここ最近は毎日のように甘いものを持ってきてもらっているから、そう思われても仕方ない。

「咎《とが》めているわけではありません。珍しいなと思いまして」

肩をすくめて、喬琳は言う。

「やっぱり他の後宮妃たちは、体型維持に気を遣っていらっしゃるのね」

「そりゃあもう。大層な気の遣いかただと聞きます。陛下の訪れもないのに」

「陛下は、なぜ後宮に来ないのかしら」

蘭月の祖父が幼い頃に崩御した先代皇帝には、なかなか皇子が生まれなかった。その反省を生かし、漣龍のために作られたのが、蘭月のいるこの後宮である。漣龍の妻として相応しい者を探し、早く世継ぎを設けるために作られたと聞くが、もっとも漣龍は後宮嫌いで有名であった。

蘭月が知る漣龍は、聞いていた話よりもずっと気さくな人だ。笑顔も見せるし、嬉しそうな顔もする。後宮妃が嫌いというわけではなさそうに見える。

「きっと、まだ見ぬ番《つがい》を探していらっしゃるのですよ」

少しだけ寂しそうに、喬琳は言った。

この国の少女なら、番《つがい》について知らない者はいない。先代皇帝は、平民の少女と恋に落ちた。ただの平民から皇后にまでなったその少女は、番《つがい》として皇帝に死ぬまで愛され続けたのだという。

「……番《つがい》、ねぇ」

人を愛するということが、蘭月にはよくわからない。けれど、物語のように一途に誰かを愛することができたのなら、もっと世界は美しいのだろう。

番《つがい》について考えながら、蘭月は白妃の宮へ向けて歩みを進める。そのうち、晴れていた空が次第に曇り始めた。陽《ひ》の光が見えていた先ほどまでとはうってかわって、分厚い灰色が空を覆う。もうしばらくしたら、雨が降りそうだった。

「早く着かないと、濡れてしまうわね。菊花宮まであとどれぐらいなのかしら」

「あと、もう少しのはずですが」

喬琳は言うものの、見える景色からはそうは思えない。宮と宮を繋《つな》ぐ土塀は古びていて、今にも崩れそうに見えた。漣龍の代になってできた後宮とはいえ、もう数十年経っている。これまで一度も手入れされたことがないのかもしれない。

（おかしい）

蘭月は頭のなかで後宮の地図を思い浮かべた。蘭月の宮である雅風宮は、後宮の南東に位置している。一方で、白妃の菊花宮は西中央にあったはずだ。後宮の真反対に位置しているとはいえ、こんなに遠かっただろうか。

「喬琳、道に迷ってしまったんじゃないかしら」

お茶会の時間が迫っている。蘭月は思い切ってたずねてみたが、喬琳は何も答えない。ただ前に向かって進むだけだ。どうしようかと考えたその時、蘭月の背後から声がかかった。

「あなたたち、どこに行くの？」

鈴が鳴るような、透き通った声だった。はっとして後ろを振り返れば、小柄な女性が供も連れずに立っている。

銀色に光る髪をおさげに結った彼女は、漣龍を思わせる涼やかな碧《あお》い瞳を持っていた。ぱっちりと大きな瞳は、きらきらと輝いており、年若い少女に見える。ただし、小柄な身体からはどこか息苦しい威圧感が漂っていた。

「桃麗《とうれい》さま――」

後ろで、喬琳が慌てて膝をつき、礼をする。喬琳が口に出した名前に、蘭月もはっとして頭を下げた。

（漣龍さまの妹君だわ）

漣龍には、妹君がいると聞いたことがある。

彼女も龍の血を引いているが、女であるため帝位につけない。ただ、もし漣龍が跡継ぎをつくらず、不慮の事故で命を落とした際には、彼女が代理として国を治めることになっていた。

「顔をあげてちょうだい」

凛《りん》とした声に、蘭月はおそるおそる顔をあげる。

「あなたは、後宮妃でしょう？」

透明な硝子《ガラス》のような瞳が、蘭月を捉えた。漣龍と同じ色をしているはずなのに、内面のすべてを見透かされるような、居心地の悪さを感じる。

「はい。後宮妃が末席を預かっております。楊蘭月と申します」

蘭月の言葉に、桃麗ははっと目を見ひらいた。

「邪気払いの宴で剣舞を舞った方ね。覚えているわ。見事な舞だったから」

一瞬、皮肉を言われているのかと疑ったが、桃麗の表情に邪気は感じられない。ただ単に、蘭月のことを褒めてくれているようだった。

「ありがとうございます。お褒めに預かるなんて、光栄です」

蘭月は桃麗に向けて礼を言う。

「後宮妃も大変よね。いろいろな派閥があるのでしょう？」

ふっくらとした薄桃色の唇を少しだけ尖らせて、桃麗がたずねた。

なぜ蘭月が邪気払いの宴で黒衣を纏《まと》っていたか、ある程度見当がついているのだろう。ただ、今の蘭月は桃麗の質問の意図をくみかねていた。

「いえ、私のような新入りには派閥とは無縁です」

かぶりを振って答えれば、桃麗は薄く微笑んだ。可憐《かれん》な容姿に似合わず、ぞっとするほど妖艶な笑みだった。

「あらそう。ではなぜあなたは冷宮《れいぐう》の前にいるの？」

――冷宮。

それは、罪を犯した後宮妃たちが収容される宮のことだ。桃麗の意図が掴《つか》めない。

「何のことかわからないって顔をしているわね。ここは冷宮に通じる道なのよ」

眼前の道を指して、桃麗は言った。

「あなた、わざわざここに来たわけではないでしょう」

すっと目を細めた桃麗は、蘭月から視線を逸《そ》らして喬琳を見つめた。その視線を見て、蘭月は桃麗がこの話題を持ち出した理由を悟った。喬琳が故意にこの道を案内したのではないか、と桃麗はほのめかしているのだ。

実際に、その通りなのかもしれない。まもなく、お茶会は始まるはずだ。その場に臨席した他の後宮妃たちは、蘭月が恥知らずにも遅刻したと思うだろう。

喬琳は蒼白《そうはく》な顔をして桃麗を見つめている。その顔色が、すべてを物語っていた。

さすがに喬琳が可哀想になり、蘭月は明るい声を出す。

「あら……白妃さまの宮へ向かう途中なのですが、どうやら道を間違えてしまったようですわね。失礼いたしました」

「あらそう。冷宮にはあまり近づかないほうがいいわ。ここは空気が淀《よど》んでいるもの」

蘭月の言葉に、桃麗はぶっきらぼうに言う。

「ありがとうございます。お言葉ですが、桃麗さまはなぜこのような場所へ？」

「冷宮には心を病んだ妃たちがいるでしょう。少しでも、心を慰めたくて」

蘭月の問いに、桃麗は慈愛と悲哀とが混じったような微笑みを浮かべながら答えた。

罪を犯した後宮妃たちのなかには、冷宮にいれられるうちに、心を病む者もいる。そういった妃は、誰にも引き取られることなく、冷宮で人生を閉じると聞いた。皇帝の番《つがい》になれば一族安泰だと後宮に送り込み、後宮妃として利用できなくなれば捨て置く。豪華絢爛《けんらん》な後宮の裏側だ。

「どうせ、わたくしは長命だから。何かできることがないか探している途中なの」

「桃麗さまは、お優しい方ですね」

思わず言うと、桃麗は目を伏せた。

「そうかしら」

それは疑問というより独り言のように響いた。寂しげに揺れた瞳に、蘭月は息を呑《の》む。

「でも、ありがとう。あなたもきっと優しい方ね。どうか心を病まないように。ここはとても恐ろしい場所だから」

蘭月は頷く。少女のような見た目をしているが、桃麗は蘭月の倍ほど年上だ。後宮ができてからのことを、その澄んだ瞳でずっと見てきたのだろう。

「菊花宮は、この道を引き返してずっと左に向かえばいいわ」

「ありがとうございます。恩に着ます」

お辞儀をしてから、桃麗が指し示した方向に向けて歩き出す。少しずつ、雲が濃くなり始めていた。

桃麗が教えてくれた通りの道を急ぎ、蘭月たちは無事、菊花宮に到着した。すでに約束の時間は過ぎていたが、ここは仕方ないと割り切る。空はますます暗くなっているが、雨が降る前に到着できたのは、不幸中の幸いであった。

菊花宮はその名の通り、秋には菊が咲き乱れる宮だ。なかでも一面に咲く白菊が綺麗だと聞いていた。まだ菊の時期には早いが、綺麗に手入れされた庭は美しい。

「蘭月さまですね。お待ちしておりました」

庭を通り、仰々しい門の前で蘭月を出迎えた侍女が無表情に言った。額には深く刻まれた皺《しわ》があり、鷹《たか》のように険しい目つきをしている。

「どうぞ、お入りください」

蘭月を射貫くような視線に一瞬たじろぐも、門前払いは免れたことにほっとし、足を進めた。

菊花宮の中は、美しい調度品であふれていた。大理石の床はぴかぴかに磨きあげられ、棚に置かれた品々は、ちらりと目をやるだけで高価なものであることがわかる。平民なら、一生遊んで暮らせるほど高価な品だ。

歩みを進めるたびに、蘭月は何度も喬琳の表情をうかがう。

ただ単に道を間違えたのか。それとも、わざと冷宮を案内したのか。単に道を間違えたと言って欲しいが、望みは薄いと気づいていた。怯《おび》えたような喬琳の反応が頭から離れない。

（喬琳は、何か白妃さまに弱みを握られているのかしら）

喬琳のことを考えながら歩いているうちに、侍女が大きな扉の前で立ち止まった。そして、扉の向こうに蘭月の訪れを告げる。

「蘭月さまのお越しです」

この先に白妃たちがいると思うと、にわかに緊張してくる。理由がどうであれ、大事なお茶会に遅刻したことは蘭月の失態だ。ごくりと唾を飲む。

「あーら。蘭月さま、遅かったじゃないの」

最初に声がかけられ、蘭月は頭を下げながら拱手《きょうしゅ》のかたちをとった。声だけでは誰かわからない。だが、いの一番に声をかける人物といえば、白妃しか思い当たらなかった。

「道を間違えてしまいました。大変申し訳ございません」

頭を深く垂れ、自分の沓《くつ》を見ながら謝罪する。くすくす、と近くから複数人の笑い声が聞こえてきた。

「邪気払いの宴で罰せられなかったからって、調子にのっているんじゃなくて？」

高い声がかかった。そのまま頭をあげずにいると、かつかつと沓《くつ》の音が迫ってくる。

「陛下がお優しいゆえ罰せられなかったものの、本来ならば決して許されることではないのですがね？」

顔をあげなさい、と声がした。言われた通りにすると、ふわりと白檀《びゃくだん》の香りが漂った。

目の前にいたのは、白妃。その後ろで、取り巻きたちが蘭月を囲んでいる。人数は四、五人ほどだろうか。誰もが蘭月を蔑《さげす》むような目をしていた。幼い頃に、蘭月の痣《あざ》を見た人たちと同じ冷たい目だ。苦い記憶が蘇《よみがえ》り、口の中が乾いていく。

「あなた、星辰商会の娘でしたわね。聞いたことがありますわ。星辰商会の娘は、自分の品物を売るために男を惑わせる、と。そうやって男たちを取り込んだのではなくて？」

白妃は、唇の端に嘲笑をのせて笑った。

「何のことでしょうか」

何の話か理解できず、蘭月は思わず聞き返した。

「とぼけないでちょうだい。噂《うわさ》で持ち切りですわ」

「覚えがありません。私がどなたと噂《うわさ》になっていると？」

「身分を問わず、たくさん聞いておりますわ」

白妃の言葉に、くすくすと取り巻きたちが笑った。

「商品の取引が終われば、すぐに関係も切られるのだとか」

「――もしかして、河央《がおう》さまのことでしょうか」

頭のなかに浮かんだ人物の名前をあげる。

「河央さまとは、お取引でお会いしただけです。河央さまが作られた陶器を、私の扱う『美蘭堂』の商品にぜひ使ってくれないかとご提案いただいたのですが、残念ながらそもそもお取引は成立しませんでした。それを妬《ねた》んで、何やら噂《うわさ》を流しているようです。いずれも根も葉もない噂《うわさ》です」

河央が持ってきた品は、どれも見た目は良かったものの、品質が悪く『美蘭堂』の商品として扱うことはできなかった。それを指摘したところ、烈火のごとく怒り狂った。まさか、蘭月が陶器の目利きができると知らなかったのだろう。

幼少の頃から、星辰商会で扱うものを見てきた。目利きも祖父からしっかり教わってきた。『美蘭堂』の掌事《ディレクター》として、扱う商品に並々ならぬ情熱をかけている。蘭月をただのお飾りの掌事《ディレクター》と侮った河央が悪い。

「ふぅん、どうだか知りませんけど。そういう噂《うわさ》が流れていることは事実です」

そう言って、白妃は笑う。

「そういうことでもしない限り、お咎《とが》めを逃れるなんてあり得ませんわ」

「陛下のご判断に異を唱えるのですか？」

すかさず、蘭月は白妃にたずねた。

何事もなく黒衣の件を免れたのはなぜか。今も蘭月はよくわかっていない。それでも、決めたのは漣龍だ。後宮妃である以上、蘭月も白妃も皇帝である漣龍に従うしかない。

「そんなことは言っていないわ。そもそも、あなたが変なことをしなければ、無事に邪気払いの宴を終えられたのに」

冷たい目で蘭月を見て、白妃はため息をつく。

「連れている侍女も、品がないわ。あの髪の色、皆さまどう思います？」

「あんな色、見たことがありませんわ」

「龍雲国の後宮には相応しくありませんわね」

なかなか屈しない蘭月に嫌気がさしたのか、白妃は次の狙いを喬琳に定めたようだ。白妃の言葉に、取り巻きたちも口を揃えて喬琳を糾弾し始める。喬琳が怯《おび》えるように頭を下げた。

「も、申し訳ございません」

「謝ればいいってものじゃないの。あなたがいるだけでわたくしは不快なのだから」

白妃は嘲笑を交えた笑みを漏らした。取り巻きたちも、にやにやと下卑《げび》た笑みを浮かべる。

——吐き気がした。

自分に対する侮辱ならば耐えられる。だが、自分たちよりもずっと立場の弱い喬琳に対しての侮辱には我慢ならなかった。

「私の侍女に、何か御用でしょうか」

蘭月は白妃にたずねた。侍女への悪口に、蘭月が口を挟むとは思っていなかったのか、白妃はぴくりと片方の眉をあげた。

「蘭月さまはどうしてこんな侍女を側に置いているのかしら。明らかに、龍雲国の後宮には不釣り合いだと思うのだけど」

「白妃さまはそのようにお考えなのですね。少々残念です」

「残念？」

白妃が棘《とげ》のある口調で聞き返す。

「はい。白妃さまにはこの美しさがわからないようですから」

「はぁ?! 何が言いたいのよ。わたくしを侮辱しようって言うの?」

「いえ。白妃さまの見解に対して、私の考えを述べたまでです」

にこやかな、それでいて冷たい笑みを顔面に貼りつけて、蘭月は静かに続ける。

「喬琳の出身がどこであったとしても、白妃さまに何かご迷惑をおかけしましたか?」

「だから、髪の色を見るだけで嫌な気分になるって言っているのよ!」

「なぜです?」

間髪いれずにたずねると、白妃は口ごもった。

「なぜって、それは……!　龍雲国の出身ではないのに、この後宮にいること自体がおかしいからよ!」

「侍女は龍雲国出身の者に限る——なんて取り決めがありましたか?　そのような規則は聞いたことがありません」

「そっ、それは……!」

白妃はわなわなと唇を震わせる。

「あなたは、白妃の位《くらい》を持つわたくしに逆らうのですね?!」

白妃の喉から、悲鳴にも似た声があがった。その場がしんと静まり返る。

蘭月は、震えながら低頭している喬琳を守るように、立ちふさがった。

「白妃さまがどう思われようと自由です。ですが……それが他人の美しさを否定し、潰《つぶ》していい理由にはなりません」

白妃の目を真っ直ぐに見ながら、蘭月は毅然《きぜん》と言い放った。

「なっ、何を言っているの！」

「白妃さまに失礼ですよ！」

白妃がよろめいて、一歩下がった。燃えるような怒りに満ちた白妃の視線が、ゆらりと蘭月から逸《そ》らされる。事の成りゆきを見守っていた白妃の取り巻きたちが、白妃の代わりに、口々に蘭月を批難し始める。それを涼しい顔で受け流して、蘭月は喬琳に声をかけた。

「さっ、喬琳。用事は済んだわ。行きましょう」

そう言いながら、蘭月は低頭している喬琳の腕を支えて立たせた。喬琳の細い腕は細かく小さく震えている。涙目になっている喬琳の背を、もう大丈夫だからという気持ちでさすった。

「私たちがいると楽しめないようですし、お先に失礼いたしますね」

にっこりと微笑んで、一礼をする。後ろから白妃たちの声が追いかけてきたが、聞こえないふりをして蘭月たちはその場を立ち去った。

菊花宮の外に出ると、しとしとと雨が降り始めていた。

「あら。降っちゃったわね」

曇り空を眺めながら、喬琳に話しかける。どこか怯《おび》えた顔をした喬琳が、傘を蘭月に差した。自分はいらないとでも言いたげに、蘭月にのみ向けられた傘。

「喬琳も、入ったほうがいいわ」

先んじて声をかけると、喬琳は何か言いたげに黙り込んだ。

「……私には、その資格はありません」

「あるわ。私の侍女だもの。傘に一緒に入って帰りましょう」

喬琳は泣きそうにぎゅっと口を結んでいた。このままでは埒《らち》が明かない。蘭月は喬琳の手ごとぎゅっと傘の柄を握って、ふたりの真ん中に傘を差した。ふたりで入るには少し小さいが、それでも差さないよりは幾分ましだろう。

「さ、早く帰りましょ。白妃さまたちが追ってきても嫌だから」

そう言いながらさっさと歩みを進める。

「——どうして」

雨音で聞こえるか聞こえないかの小さな声で、喬琳が言った。

「どうして、私なんかをかばってくれたのですか」

「誰だって、理不尽な扱いを受けるのは嫌でしょう?」

自分の本心を探りながら、蘭月はつぶやく。

「……見ていられなかったのよ。勝手に口が動いてしまったの」

ついさっきまで喬琳のことを疑っていたにもかかわらず、白妃の言動を目の当たりにして、思わず身体が動いてしまっていた。

「だから、別に感謝しなくたっていいの。私が勝手にやったことなんだから」

「いえ。白妃さまのおっしゃる通り、私なんかがこの後宮にいては」

喬琳、と少し語気を強めて制す。喬琳ははっとして口をつぐんだ。

「あなたがいてくれなかったら、誰が私に傘を差してくれるのよ。喬琳が傘を持っていなかったら、私はずぶ濡れになっていたんだから」

茶化して言うが、喬琳の顔色は依然として暗かった。

歩いているうちに、雨はどんどん強さを増していく。自分の宮へ帰る頃には、襦裙《じゅくん》の裾がすっかり濡れて冷えてしまっていた。喬琳が用意してくれた襦裙《じゅくん》に着替える。

「喬琳も、冷えてしまったんじゃないかしら」

「いえ、私は大丈夫です」

喬琳はそう言うが、そんなはずがない。蘭月がおさまるようにと、傘を蘭月側に傾けてくれていた。喬琳の肩は雨に濡れてしっとりしている。

「そうだ、喬琳。私と一緒にお茶会をしてみない？」

頭に閃《ひらめ》いたままに、蘭月は提案していた。

「お茶会、ですか」

喬琳は困惑しているようだ。

「ええ。私たちでお茶会をやり直しましょう。私、いいお茶を持っているのよ」

だから、着替えたら私の部屋に来てと声をかける。少し強引なぐらいでないと、きっと喬琳の心は解かせない。引かない蘭月に、喬琳は渋々といったように頷いた。

しばし経ち、これまで誰もいれたことのなかった寝所へ喬琳がやってくる。

「そこに座ってちょうだい」

蘭月が指差した椅子に、喬琳は素直に座る。もともと小柄な喬琳だが、借りてきた猫のように小さくなっている。

（緊張してるわよね）

喬琳は、落ち着かない様子で視線を彷徨《さまよ》わせている。窓の外は、さらに大雨になっていた。喬琳の緊張が伝わってきて、蘭月もつられて少し緊張してしまう。

香炉、小さな手鍋、ろうそく、特別な硝子《ガラス》の杯。

そして主役である金木犀《きんもくせい》の花びらと茶葉を几《つくえ》の上に並べる。お湯が入った鉄瓶を傍らに置くと、少し肌寒い空気のなか、鉄瓶の口から白い湯気が立ち昇る。

ひと息ついてろうそくに火を灯し、香炉の下に設置する。この香炉は、祖母から贈

られたもので、蘭の文様がかたどられているのがお気に入りだ。後宮入りしてから
すっかりご無沙汰になっていたが、これまでさまざまな苦楽をともにしてきた、相棒
のような存在だった。
　香炉があたたまってきたところで、蘭月はその上に、手のひらほどの大きさの手鍋
を載せる。これで香炉を即席の暖炉に見立て、手鍋を温めようという魂胆だった。
　手鍋で温めるものとは、ずばり金木犀《きんもくせい》の花だ。
　実際に金木犀《きんもくせい》が咲くのはもう少し先だが、季節を先取りして流行に乗ることは、商
人にとって重要だと、祖父はよく蘭月に言い聞かせてくれていた。祖父の教えを守り、
来年に向け、去年に咲いた花びらを乾燥させて持っていたのだ。
　手鍋の上で金木犀《きんもくせい》の花が炙られ、少し香りが立ってきたところで、硝子《ガラス》の杯をひっ
くり返して金木犀《きんもくせい》にかぶせるように置く。こうして蒸すように温めることで、金木犀《きんもくせい》
の香りが杯の中にたっぷり充満するのだ。
　普通の杯は温めすぎると壊れてしまうが、これは特別な加工を施した硝子《ガラス》を使って
いる。強度があり、火に近づけても壊れない。これも蘭月の生家で取り扱っている。
星辰商会ではこうした珍しいものもよく置いていた。祖父は珍しいものが大好きで、
自分であちこちに出かけては、新たな取引を決めて帰ってきたものだった。
　金木犀《きんもくせい》がじっくりと蒸されていることを確かめて、蘭月は用意していた茶葉にお湯

を注ぐ。茶葉がひらき、金木犀《きんもくせい》が準備万端になったところで、そっと杯をひっくり返した。部屋の中に、金木犀《きんもくせい》のかぐわしい香りが広がっていく。

金木犀《きんもくせい》が縁についたままの杯に、先ほど用意していたお茶を淹《い》れ、そして蓋《ふた》をかぶせる。

「どうぞ、桂花茶よ」

そして、喬琳の前に置いた。

「いいのですか？」

「ええ。どうぞ」

おずおずと、喬琳が口をつけるのを見届けて、蘭月は自分の分のお茶に口をつけた。金木犀《きんもくせい》の香りと甘く優しい味が、口の中に広がる。思わず、ふぅと息が漏れた。張り詰めていた緊張の糸が緩んでいくのを感じる。

「美味《おい》しい」

喬琳が驚いたようにつぶやく。

「ほんとう？　嬉しいわ」

心なしか顔色が良くなり、表情も和らいだように見えた。

（これで、少しでも気持ちが落ち着いたならいいのだけど）

胸をなでおろした瞬間、喬琳の動きが止まった。

無理させてしまっただろうか。本当は口に合わなかったのだろうか。声をかけようとしたのと同時に、うつむいていた喬琳の瞳から、涙がぽろりとこぼれた。

「……すみま……せん」

大粒の涙が次から次へと落ちていく。

「ど、どうしたの？　口に合わなかった？」

思わず椅子から腰をあげて、そわそわと手を彷徨《さまよ》わせる。

「あ、あの。無理をさせてしまったわね。ごめんなさい」

「いえ、私のほうが謝らなければいけないんです。私が全部悪いんです」

ぽろぽろと涙をこぼしながら、喬琳は言った。

「喬琳にも事情があるんでしょう？　だから、無理に話さなくていいわ」

しゃくりあげながら泣く喬琳は、まるで小さな子どものようだった。いつもどこか暗い顔をして、蘭月との間に壁を作っているように見えた喬琳が、今は感情を剥《む》き出しにしている。その様子に少しだけ安堵《あんど》した。

どこかに気持ちを落ち着かせられるものはないかと、視線を彷徨《さまよ》わせて見つけたのは、白沢が食べ損ねたおやつだった。餡《あん》の中に胡桃《くるみ》が入ったお饅頭《まんじゅう》だ。日持ちするものだから、まだ食べられる。

「ごめんなさい。こんなものしかなくて」

泣いている少女を前に、こんなことしかできない自分が不甲斐《ふがい》ない。

「……蘭月さまは、怖くないのですね」

そんな蘭月に、喬琳はぽつりと漏らした。

「白妃さまのこと？」

蘭月の問いに、喬琳は首を縦に振る。

「そうねぇ。もしかしたら、怖いかもしれないわ」

喬琳の灰色がかった瞳が、蘭月を捉える。硝子玉《ガラスだま》のように澄み切った色をしていた。

「蘭月さまにも、怖いものがあるんですか」

蘭月は思わず噴き出す。

「喬琳は、私のことを何だと思っているの」

「す、すみません。でも、蘭月さまは自立されているというか、白妃さまに何を言われても動じていないように見えたんです」

「そうかしら」

「……私は、蘭月さまと違って弱い人間です。白妃さまに逆らえなかった」

絞り出すような声で、喬琳は言った。

「黒衣をすり替えたのは、私です。今日だって、わざと冷宮までお連れしました。謝って済む問題ではないと思います。でも……本当に申し訳ございませんでした」

沈黙がおりる。喬琳を疑っていた蘭月の推測は正しかった。

（でも、全然すっきりしないわ……）

喬琳の様子を見る限り、白妃に無理やり従わされていたということだろう。喬琳と白妃とでは、立場の差がありすぎる。いち侍女である喬琳が、白妃の命令に背くのは難しい。仕方なかったと言ってしまうのは容易《たやす》いが、そのひと言で片づけたくはなかった。

「喬琳が弱いなんて、私には言えない」

自分の想いを確かめるように、蘭月は口をひらく。

「喬琳には、そうせざるを得ない理由があったのだと思う。あなたの選択を責めることは、私にはできない」

「私を、責めないのですか？」

喬琳は驚いた顔で、蘭月の顔を見つめた。

「ええ。責めても何も生まれないもの。喬琳の立場にいたのは、私かもしれない」

もし祖父が商家として成功していなければ、蘭月はただの平民だった。

出自は自分の力では変えられない。生まれもった見た目も、自分では変えられない。生まれつきの醜い痣《あざ》。自分の力ではどうしようもできない痣《あざ》を、肉親にさえ疎まれた。自分自身を憎み、疎むしかなかった。今でも思い出すだけで胸が痛む、忌まわしい記憶。

「……私はね、悔しいの」

ぽろりと言葉がこぼれる。

「本当は喬琳だって、喬琳らしく胸を張って生きていけるはずなのに。他の誰にも、喬琳の自信を、誇りを、奪われてはならないと思う」

蘭月の言葉に、喬琳ははっと息を呑《の》んだ。

「白妃さまにだって、喬琳の誇りを奪う権利はないわ」

「蘭月さま……」

「もし、事情があるなら教えて欲しい。私にできることがあるなら、手伝わせて」

声が震えた。自分から手を差し伸べることが、こんなに怖いとは知らなかった。

「楽しくない話ですけど、聞いていただけますか」

うつむいていた顔をあげて、喬琳は口をひらいた。喬琳から語られたのは、喬琳がこの後宮に来るまでの話だった。

喬琳の両親は、虎眼族《こがんぞく》と呼ばれる西方の血が混じる行商人集団だった。

喬琳の父親は龍雲国の出だが、行商人として生きるうちに、西方の異国出身である喬琳の母親と出会った。長女である喬琳が生まれたことを機に、旅をして歩くのではなく、一か所に腰を落ち着けることを決めた。

海辺の街を拠点に構え、主に西方からの商品を売っていた。珍しいものを取り扱っていると噂《うわさ》になり、商売は順調に進んでいたそうだ。

「白妃さまのご実家である、桂家ともお取引をしていました。桂家の治める領地では、大きな市がひらかれています。商いをするためには、桂家と良好な関係が必須でした」

「たしかに、桂家は西方では幅をきかせていると聞いたわ」

豊富な資金を使って、軍事力を強めている。それゆえに、桂家に逆らえる者がいない。

「はい。桂家に目をつけられたら、もうそこで商売はやっていけません。虎眼族の大部分が、桂家に頭を下げて生きています」

蘭月の言葉に、喬琳はうつむいた。

「だから、白妃さまは喬琳に目をつけたのね」

「そうだと思います。この後宮で、虎眼族は目立ちますから。この後宮から追い出す、家族との取引をやめると脅してきました。私は従わざるを得ませんでした」

「喬琳はなぜ、後宮に来ることにしたの？」

喬琳は、後宮から出たくないように見える。蘭月は興味を引かれてたずねた。

「……笑わないで、くださいね」

喬琳は自嘲気味に笑った。

「龍の番《つがい》に、選ばれたかったんです。陛下の母君は、もともと平民の娘であったと聞きました。ただの平民であっても、龍の番《つがい》にさえなれば、大きな権力を得ることができます。実家も安泰だと思いました。侍女の分際で、と言われても仕方ありません。実際に、白妃さまにもそう言われました」

漣龍の母親である先の皇后は、平民だった。先帝が城下へ降りた際に、たまたま出会い恋に落ち、一生をかけて愛された。この国の少女なら誰もが憧れる恋物語だ。

「龍雲国では、平民でも後宮にはいれます。ですが、規則がないだけで実際はとても難しいです。侍女としても、なかなか雇ってはくれません。諦めかけていたときに、楊家だけが、侍女として私を選んでくれたのです」

「そんなことになっていたなんて、知らなかったわ」

蘭月は素直に言った。侍女を決めたのは、兄だった。二か月前に急遽《きゅうきょ》決まった後宮入りだった。何とかして侍女を集めなければと躍起になった結果、身分にこだわっていられなくなったということだろう。

「私は、何も知ろうとしなかった。ごめんなさい」

蘭月には蘭月の事情があるように、侍女たちにも事情があるはずだ。それを知ろうともせず、ただ受けいれていた自分を恥じる。蘭月の言葉に、喬琳は首を横に振る。

「後宮に来たいと願ったのは、私です。謝らないでください。むしろ、謝るのは私のほうです。蘭月さまを裏切ってしまった」

「いいのよ。喬琳は家族のために、したのでしょう？」

蘭月の問いに、喬琳は大きく頷いた。

ちくり、と胸のどこかが痛む。蘭月には、家族――両親にも、兄にも良い思い出がない。両親のためにここまでできる喬琳を、羨《うらや》ましく思った。

「父は、母を娶《めと》ったことで周りから色んなことを言われてきました。異国の人である母を、周りは奇怪な目で見ました。母の目の色も、髪の色も、この国に生きる人とはあまりに違います。それでも家族仲はとても良かった。私が後宮に来たせいで、家族に迷惑をかけるわけにはいきませんでした」

喬琳の持つ茶色の髪と、灰色がかった瞳。蘭月にとって美しく見えるそれは、喬琳にとっては違うのかもしれない。喬琳の表情は固く、そして暗い。

「もったいないわ」

ぽつりと、蘭月はつぶやく。喬琳の持つ髪色も、瞳の色も。すべてが、喬琳自身を輝かせるものだ。誰かに何か言われたからといって、引け目を感じる必要はない。

「喬琳、ちょっと今から時間あるかしら？」

ふつふつと闘志が腹の底からこみあげているのがわかった。

「今から、喬琳にぴったりのお化粧道具を作ってあげる！」

さっと目の前に揃えたのは、口紅を作るための道具たち。蜜蝋《みつろう》と、着色料と金箔、そして乳鉢に乳棒。『美蘭堂』の人気商品だった『紅蘭華』は生産を中止しているが、蘭月なら材料も工程もすべて頭のなかに入っている。

「蘭月さま、何を？」

不安げにたずねる喬琳。蘭月は上着をたくしあげた。

「喬琳だけの口紅を——『紅蘭華』を作ってあげるわ」

自信たっぷりに宣言すると、喬琳はぱちぱちと瞬《まばた》きをした。何を言っているのかわからない、といった様子だった。それもそうだろう。大体の女性にとって、化粧道具は買うものであり、作るものではない。

蘭月にとっても、最初はそうだった。既製品もたしかに便利だ。しかし、品揃えはありきたりで、なんだかしっくりこないことも多い。自分が好きな色、好きな香り、好きな肌触り。自分好みのものを手にいれようと思ったら、自分で作ったほうが断然早い。

（それに、自分だけの口紅って響きだけで、わくわくするもの……！）

「喬琳は、こんな自分になりたい、みたいな夢ってあったりする？」

「こんな自分になりたい、ですか？」

喬琳はしばし考え込む。

「私は、自分を誇らしく思えるようになりたい、でしょうか」

ぽつり、と言った言葉。それが、喬琳の本心からの言葉であることは、すぐにわかった。

「自分を受けいれることって、案外難しいわよね」

誰かに言われた言葉が、呪いのようにまとわりついて離れないこと。自分の大切な人が、自分のせいで悲しい顔をすること。そんな経験を繰り返すうちに、自分という存在を、一番近くにいるはずの自分自身が疎ましく思ってしまう。

こんな自分でなく、他の誰かになれたなら――と。

他の誰と比べたって、仕方ないとわかっているのに。少しでも自分を好きになりたいのに。ただ、自分を否定することしかできなくなる。

全員がそうであるとは思わない。そんなことを一切思わない人がいることも知っている。けれど、蘭月はそう思ってしまった。

化粧で見た目を変えると、なんだか気分もあがるような気がした。こんな自分でも変われる。そう思ったら少し元気が出た。自分が元気になれた化粧で、同じように救われる人を増やしたい。だからこそ、自分を少しでも好きになれる方法を模索して模索して、そして『美蘭堂』を作った。蘭月は、自信をなくしたすべての女の子の味方だ。誰かの自信を奪う人がいるのであれば、蘭月は誰かに自信を与える側の人でありたい。

傍《はた》から見たら自分勝手と言われるかもしれない。それでも、蘭月にとっては大切な夢なのだ。

(喬琳の夢を叶えるためのお手伝いを、私にさせてちょうだい)

胸のなかでそう祈って、蘭月は手始めに金箔を乳鉢にいれて、すり潰《つぶ》す。ぺたりと乳鉢の中に張り付いた金箔は、何度も乳棒ですり潰《つぶ》すことで、さらさらの粉状になっていく。

次は、どんな色にするかだ。喬琳なら何色でも似合いそうだと考えながら、蘭月はたずねた。

「喬琳は、何色の口紅が好き？」

「口紅の色、ですか？　これまであまり気にしたことがなかったです」

「そうねぇ。淡い桃色は王道よね。純朴そうな印象を与えられる。杏《あんず》色も最近人気ね。桃色より健康的で元気な印象。煉瓦《れんが》色は落ち着いて大人っぽい印象になるし――」

「蘭月さまは、いつも真っ赤な口紅をつけていらっしゃいますよね？」

「そうね。私は基本的に赤が多いかしら」

どの色にも魅力があるが、ぱきっとした赤を身に纏《まと》うと、いい女になれるような気がするのだ。色の力を借りたくて、後宮妃になってからはいつも赤の口紅を選んでいた。

「では、蘭月さまとお揃いの色にしても、いいでしょうか？」

「私と同じ色でいいの?!」

今度は蘭月が驚く番だった。

素《す》っ頓狂《とんきょう》な声をあげると、喬琳は照れくさそうに笑う。

「蘭月さまみたいに、凛《りん》とした優しい人間になりたいんです」

「私が、優しい……？」

これまで、悪女だと怖がられるばかりだった。そんな自分が、優しいと言われる日がくるなんて、思ってもみなかった。

「はい！」

力強く頷いた喬琳の勢いに圧倒されながら、蘭月は嬉しいやら恥ずかしいやらで喬琳の顔を見ることができない。

喬琳の問題は、まだ片づいていない。問題を解決するためには、白妃と戦う必要がある。この口紅が喬琳の力になるのであれば、安いものだ。

「じゃあ、私とお揃いにしましょう！」

そう宣言して、蘭月はいつも使っている『牡丹紅』と同じ染料を乳鉢の中にいれる。『牡丹紅』で使っている染料は、ひとつだけではなくさまざまな色を混ぜ合わせている。

雲母という鉱石や、紅色の鉱石を細かく砕いたものや、紅花の汁から作った染料。まったく同じものを揃えることはできなかったが、それでも再現はできるだろう。乳鉢の中でくるくると混ぜ合わせて、好みの色に近づけていく。

「私たちが普段使っている口紅って、こうやって作られてたんですね。面白い」

しみじみとした声音に、思わず全力で頷く。

「そうなの！　こうやって一から手作りするのも、楽しいの！」

思わず身を乗り出して語ってしまった蘭月に、喬琳はふふ、と笑みを浮かべた。

「私、蘭月さまのこと誤解してました」

「誤解？」

「蘭月さまって、いつも他の人を寄せつけない雰囲気じゃないですか。作りもののような、完璧な美しさを持っていて。そして悪意に屈しない。自分というものがはっきりしていて、ちょっと怖かったんです」

でも、と一度口を切り、喬琳は微笑む。

「こうやってお話ししていると、蘭月さまもひとりの人間なんだなぁって思えるんです」

「私、そんな風に思われてたのね」

自分の弱みを見せたくなくて、化粧をして赤い口紅を引いて、自分を守っていた。

後宮妃蘭月の外見は、すべて化粧で作られたものであり、その下には平々凡々なすっぴんが隠れているとは、後宮妃の誰も知らない。そう思うと、少しだけおかしく思えた。

「こんな感じの色になったわ」

喬琳に乳鉢の中を見せる。鮮やかな紅と、乳鉢の中でさらさらと煌《きら》めく粒子たちに、うっとりしてしまう。

「綺麗」

喬琳もつぶやいた。わくわくした喬琳の表情を見て、蘭月の口角も自然と持ちあがる。

「ここから、仕上げに入るわ」

先ほど金木犀《きんもくせい》を蒸したときに使った香炉に、もう一度火をかける。その上に、陶器の小さな器を載せ、先ほど作った鮮やかな紅と、蜜蝋《みつろう》を混ぜ合わせながらそっといれる。

火にかけられ、ぷつぷつと蜜蝋《みつろう》が溶けて透明になる様子を見ていると、自分たちの周りに漂っている空気も、ゆったりと溶けていくような気がする。

「そろそろ溶けたかしら？」

小ぶりの匙《さじ》でかき混ぜると、夜空の星が煌《きら》めくように、金色がちらちらと光って見えた。ここまできたら、もう完成だ。

手のひらに十分に収まるぐらいの蓋《ふた》つきの器の中に、いましがた溶かした液体を注いでいく。全部収まるのを確認してから、蘭月は蓋《ふた》を閉じた。

「あとは、朝を待つだけ。朝になったら、きっとあなたの力になってくれる」

器を喬琳の手のひらに載せて、にこりと微笑む。こわごわと受け取った喬琳は、嬉しそうな表情で浮かべてお礼を言った。

「蘭月さま。本当に嬉しいです」

「いいえ、私は私のやりたいことをしただけだから」

(これで少しでも、喬琳の気持ちが楽になればいいのだけど)

だいぶ顔色が良くなった喬琳を見ながら、蘭月はほっと息を吐いたのだった。


その夜。

「白沢さま、ちょっとだけ狭いですが我慢してくださいね」

「うん。わかった！」

蘭月は腕に抱えた籠の中からひょこりと顔を出す白沢に声をかけた。すでに夜はとっぷり暮れ、喬琳も今ごろは休んでいることだろう。

いつもであればとっくに寝ている時間だが、今宵《こよい》向かう先は漣龍の元である。これから（ほぼ）すっぴんを見せなければいけないと思うと、心が重い。今すぐにでも踵《きびす》を返して牀《ベッド》にもぐり込んで朝まで寝てしまいところだが、皇帝陛下直々の依頼とあれば断るわけにはいかなかった。

普段あまり使われていない裏口を通って、蘭月は白沢とともに雅風宮を出る。人に見られないよう、細心の注意を払って辺りを見渡しながら歩いているおかげで、いつもの倍以上の時間がかかりそうだった。

「白沢さま、籠の中はどうですか？」

「かいてき！」

しんと静まった夜道を歩くのが少しだけ心細く、声をひそめながらたずねると、白沢からは元気な返事が返ってくる。

「よかったです。あとちょっと、辛抱してくださいね」

「あーい」

少し眠たそうな返事に、そっと籠の中を覗《のぞ》くと、白沢はむにゃむにゃと寝言（？）を言いながら、眠りにつこうとしている様子だった。

（たしかに、もう寝る時間だものね）

微笑ましく思いながら、蘭月は布団がわりの布をそっとかけ直した――その時だった。

「どうも」

「ひゃっ！」

至近距離で低い声がして、蘭月は文字通り飛びあがる。声の主は、今から会おうとしていた相手――漣龍だった。

「れ、漣龍さま！　なぜここに⁈」

「待ちきれなくて思わず来てしまった」

にこにこと笑みを浮かべる漣龍に、蘭月は思わず突っ込む。

「よくここから来るってわかりましたね」

ここは侍女たちが普段使っているような道で、この国の主が知るはずがない。目の前に漣龍が立っていることが信じられず、あんぐりと口をひらくと、漣龍はくすりと笑った。

「それはもちろん」

（陛下は後宮のことも全部把握されているのね）

蘭月は内心舌を巻いた。

「あの、せっかく早く来ていただいたところ申しあげにくいのですが、白沢さまなら気持ちよさそうに寝ておりますが」

　手持ちの籠をあげて見せると、漣龍は複雑な表情を浮かべて蘭月を見つめている。

（私、何か変なこと言ったかしら）

　不思議に思いながら漣龍を見つめ返すと、漣龍はごほんと小さく咳払いをした。

「う、うん……白沢どのは寝かせておこう」

「そ、そうですね？」

「寒くはないか」

　初めて会ったとき、震えていたことを覚えてくれていたのだろうか。あの時は、まさかすっぴんで漣龍に会うことになるなんて思ってもいなかった。驚きと見られる恐怖とが入り交じり、自分でも震えが止められなかったのだ。

「はい。大丈夫です。ありがとうございます」

　会うと決まっていれば、漣龍の視線もあの時よりは怖くない。痣《あざ》を化粧で隠してきたことも、落ち着いていられる要因なのだろう。漣龍の表情を見る余裕だってある。

漣龍の表情が気になって、手にしていた灯りを掲げると、漣龍がさっとそれを奪う。

「私が持とう」

「え、でも」

「そなたは白沢どのを抱えているだろう」

たしかに、籠を持つことに専念したほうが、寝ている白沢を起こさずに済む。皇帝である漣龍に灯りを持たせることは申し訳なかったが、背の高い漣龍に持ってもらったほうが遠くまで照らせることを考えると、こちらのほうがよかった。

「ありがとうございます、漣龍さま」

「礼を言われることではない。こんな夜更けに呼び立てたのは私だ」

漣龍が先導して歩く後ろから、漣龍の背中を見ながらついていく。長い銀の髪が灯りに照らされて透明に光っている様は、美しかった。

蘭月の持つ闇のような黒髪とは、まるで違う。龍の血を引くものだけが持つ色――銀の髪。自分のような者が、こんな近くで会うことが許されるなんて。

ぼうっと見惚《みと》れていると、漣龍はいきなり足を止めた。手にしていた籠を漣龍にぶつけそうになり、蘭月も慌てて立ち止まる。

「ここで少し、寄り道でもしようか」

「寄り道？」

蘭月は思わず聞き返す。

定期報告のため漣龍の自室に行くと思っていたが、立ち止まったふたりの目の前に現れたのは、小さな中庭だった。

小さな池が中心にあり、その上に朱色の橋がかかる。池の中央は小さな島があり、屋根のついた東屋《あずまや》が建っている。火の灯った無数の燭台が、ゆらゆらと水面に橙色《だいだい》の光を照らしていた。

「綺麗」

幻想的な風景に、思わず感嘆の声が出る。さながら桃源郷のようだった。

「よかった。ここは、私のお気に入りの場所なんだ」

ほっとしたような漣龍の声に、蘭月は驚いて漣龍の顔を見つめる。

「そんな、大切な場所を教えてくださったのですか」

「ここなら、誰も邪魔が入らないだろう？」

漣龍の言う通り、蘭月たちの間には水音だけがさらさらと聞こえている。

（粋なことをされるのね）

蘭月は嘆息する。蘭月、もとい華月のような侍女をこんなに優しくもてなしてくれるなんて。瑞獣《ずいじゅう》である白沢がいるにしても、破格の待遇だった。

「恐れ入ります」

身に余る光栄に、蘭月は感謝の意を示すことしかできない。その時、蘭月の持っていた籠がごそりと動いた。

「むにゃむにゃ……いい匂いがする！」

「おはようございます、白沢さま。まだ朝ではありませんよ」

「ぼく、寝てたみたい」

「眠いのであれば、もう少し寝ていても――」

そう言いかけたとき、眠い目を肉球で擦っていた白沢は、漣龍がいることに気づいたようだ。あからさまに気分が悪そうな顔で、漣龍を睨《にら》みつける。

「ぼく、気分良く寝てたのに」

「白沢どの。こんばんは」

白沢のじとーっとした視線をさらりとかわして、漣龍は笑みを浮かべた。

「甘いものの匂いがするよ？」

白沢の言葉に、蘭月もふんふんと辺りに漂う匂いを嗅ぎ始める。たしかに、白沢の好きなお饅頭《まんじゅう》の匂いが漂っているようだ。

「こちらの香りでしょうか」

その時、手に湯気の立つ蒸籠《せいろ》を持って現れたのは、漣龍の側近である青海だった。音もなく現れた青海に、思わず息を呑《の》む。驚いて言葉も出せない蘭月を見ながら、青海は静かに礼をした。物腰は柔らかいが、無駄のない洗練された動きだった。

「初めてお目にかかります、青海と申します」

「は、初めまして」

思わず青海さん、と呼びかけそうになったが、青海と華月は初対面だ。ぎこちなく微笑みながら挨拶を交わす。にわかに嫌な汗をかき始めたが、青海は蘭月を気にする素振りもなく、漣龍に向けて礼をした。

「陛下、ご要望いただいたものをお持ちしました」

「ありがとう青海」

「あ！　それ、甘いものでしょ」

ふたりの間に割って入るように、白沢がぴょこんと籠から飛び出した。驚いて蘭月が体勢を崩した瞬間に、白沢はぴょんぴょんと青海の足元にまとわりつく。

「それ、ぼくにちょうだい」

「へ、陛下。こちらが白沢さまですか？」

「そうだよ！　ぼくが白沢！」

白沢はふふん、とでも言いそうなドヤ顔で青海を見つめ返した。青海は、白沢と蘭月と漣龍とを交互に見やる。この状況に困惑しているようだ。

「青海、こちらが白沢どのだ」

「本当に、おしゃべりされるんですね」

「この通り、流暢《りゅうちょう》におしゃべりしているな」

漣龍は鷹揚《おうよう》に頷いて返す。いつの間にか、白沢という生き物はおしゃべりするものだと納得していたが、普通に考えたら、獣がしゃべるなんて荒唐無稽だ。

「ぼくは瑞獣《ずいじゅう》だよ！　おしゃべりぐらい当たり前にできるもん」

「白沢さまは、本当におしゃべりが得意でいらっしゃいますよね」

　蘭月の言葉に、白沢は大きく頷く。

「そうだ、この饅頭《まんじゅう》は白沢どのと華月とともに食べようと持って来させたのだ。ゆっくり食べながら話そうではないか」

「私もですか?!」

　驚いて声をあげた蘭月を、漣龍は不思議そうな表情で見つめる。

「なんだ。ともにいるのになぜそなただけを仲間外れにする必要がある」

　怒っているのではなく、本心から疑問に思っているような声音だった。仮にも皇帝が、侍女と食卓を囲むことがあってもいいのだろうか。救いを求めて青海を見ると、青海は呆れたような表情で息を吐いた。

「陛下はこのようなお人ですから」

（それは、諦めるしかないってことよね）

「わかりました。ご一緒します」

　腹を括《くく》って頷くと、漣龍は嬉しそうに微笑んだ。涼しげな目元がくしゃりと笑う様子は、皇帝というよりはどこにでもいる青年のように見えた。

（でも、陛下は私よりずっと年上なのよね）

こう向き合うと忘れてしまいそうになるが、漣龍と蘭月では流れる時が違う。龍の血を引く漣龍は、蘭月が生まれる前から生きていて、蘭月が死んだあともずっと生きていく。こうして一緒の時間を過ごせることは奇跡に近いのだろう。

お饅頭《まんじゅう》とお茶を漣龍の前で食べるのは、少し緊張する。いつも通りといった風に、青海が饅頭《まんじゅう》を頬張る姿が羨《うらや》ましい。

(私は、いくら経っても慣れる気がしないわ)

「華月さんは、蘭月さまのところで働いて長いのですか？」

青海が話しかける。一瞬どきりとしたが、蘭月は気づかれないように微笑んだ。

「いいえ、蘭月さまに出会ったのは、この後宮に入ってからです」

「そうなんですね。華月さんから見て、蘭月さまはどのような方なのでしょう」

青海の目は優しいようでいて、どこか厳しくもある。蘭月がこの後宮に相応しいものか、試している部分もあるのだろう。ごくりと唾を飲んでから、蘭月は口をひらいた。

「蘭月さまは、まだ後宮妃としては未熟な方……だと思います。入ったばかりですし、知らないことも多いかと」

蘭月の答えに、青海は困った顔をしながらため息をついた。

「そうですねぇ。今日、白妃さまから連絡がありましたよ。自分を侮辱されたと」

「そ、それは」

思わず言葉に詰まる。

「華月さんはその場にいたのですか？」

首を横に振る。あの場を見ていたのは、蘭月と喬琳。そして白妃とその取り巻きたちだ。華月がいたと思われてはいけない。

「蘭月さまのおこないについて、どう思いますか」

「まず、白妃さまがどのような主張をされているのか、うかがってもよろしいでしょうか」

「もちろん。白妃さまによると、せっかくのお茶会に遅れてやってきて、指導をしたところ、逆上したと」

（うーん。言っていることが微妙に間違っていないから、否定もしにくいわね）

どう返答しようか、言葉を探す。

「白妃さまも、あの性格ですから……。少し誤解をさせてしまうこともあるかもしれませんが、この後宮で一番の位《くらい》をお持ちです」

蘭月が黙っている間に、青海はため息交じりに言葉を続けた。

「後宮内をお騒がせしてしまい、申し訳ございません」

蘭月が謝罪した、その時だった。これまで黙っていた漣龍が、口をひらく。

「桃麗から、蘭月どのが冷宮の近くにいたという話を聞いている」

「冷宮？」

はて、と青海が首をひねった。この情報は初耳だったのだろう。

「桃麗によれば、悪意を持った先導により、道を間違えた可能性があるのではないかということだ」

「そ、それは」

喬琳に責が向くのを避けたくて、蘭月は声をあげる。

静かな碧《あお》の瞳が、蘭月をひたと見据えた。見透かすような瞳に、何も言えなくなってしまう。

「蘭月さまも、何やら大変なのですねぇ」

青海は、蘭月に同情したような声を漏らした。

「仕事柄、いろいろな情報が耳に入ってきますが、後宮というものは休まることがない」

「そうだな。だから後宮というものは苦手だ」

口をへの字に曲げながら、漣龍は言った。

「華月さん。蘭月さまにも、何かあったら私どもを頼るように言ってください。ここだけの話ですが、蘭月さまは瑞獣《ずいじゅう》を預かる重要な責務を持った妃と言って差し支えない。そんな妃に何かあったときには、この龍雲国も大変なことになりますから」

「そう、ですね」

どうやら、漣龍のひと声により、蘭月への言及は免れたようだった。

（桃麗さまにも、どこかでお会いしたらお礼を言っておかないと）

次はいつ出会えるか見当もつかないが、必ずこの恩は返すと心に決める。

「何か、困っていることはないか？」

「困っていること……ですか？」

突然の問いに、蘭月は首を傾げた。しばし考えて、口をひらく。

「蘭月さまが、ご実家でやり残したことがあるとおっしゃっておりまして。私が代わりに行ってまいりますので、一日だけ外出の許可をいただけないでしょうか」

「蘭月さまのご実家といえば、楊家ですね？　最近はかなり隆盛を誇っているようで」

（そう、なのかもしれないわね）

胸のなかに苦いものが広がる。

今、楊家を仕切っているのは、蘭月の兄——緑瑛《りょくえい》だ。緑瑛は商いではなく、政界に進出することで楊家を大きくしようとしている。

「楊家の当主様はまだお若いのに、ご立派ですよね」

青海が感心したように言った。他《そと》の人からは、若くして楊家を仕切る、立派な当主に見えているらしい。

昔から、緑瑛は世渡りがうまい。自分より力のある者にこびへつらい、弱い者は支配する。実際、若さを生かして重鎮たちの懐に入り込み、着実に力をつけていると聞いた。

「蘭月さまは、ご実家でどのようなご用事がおありなのですか？」

「詳しくは聞いておりませんが、当主さまとお話がしたいとのことです」

少し困った表情を作って、蘭月は答えた。

喬琳から聞いた話を元に、蘭月は兄と交渉するつもりだ。喬琳を救う一手でもあり、『美蘭堂』奪還のための一手でもある。

「難しいでしょうか？」

蘭月の問いに、青海はちらと漣龍を見やった。漣龍は難しい顔をして黙り込んでいる。

「後宮妃やその侍女が外出する際には、陛下の許可が必要です。陛下、いかがなさいますか？」

どこか表情が固い漣龍は、青海に問われ重々しく頷いた。

「許可しよう。だが、必ず帰ってくるように」

「はい、もちろんです」

蘭月は頷いた。いまや、蘭月の帰る場所は後宮しかない。

第二章　コンプレックスと向き合って

「は?!　どうしてよ」

怒りに震えながら、白妃——桂香苺は侍女を問い詰めた。侍女は青ざめた顔で申し訳ございません、と震えるだけ。香苺はぎりぎりと歯ぎしりをした。

（あり得ない。どうしてわたくしの思い通りにならないの）

「わたくし、言ったわよね！　青海さまにきちんと伝えたのかしら?!」

「それは、もちろんお伝えいたしましたが」

侍女は額を地面に擦りつける。そのまま頭を踏みつけたい衝動に駆られたが、白妃としての矜持《きょうじ》が、それを踏みとどまらせた。侍女ごときに頭を下げられても、これっぽっちも自尊心は満たされない。

「青海さまはなんて？」

「蘭月さまの話も聞いて、追って沙汰を伝えると」

「あの女狐《めぎつね》！　やっぱり、青海さまに色目を使ったわね?!」

楊蘭月。白妃である香苺に従おうとしない、目の上のたんこぶ。

ただ従わないだけであれば捨て置くという選択肢もとれたが、彼女の生家である楊家は近ごろ政界に進出し、力を伸ばし始めている。それに、彼女が作っていた化粧品『美蘭堂』は、今は手に入れられないとはいえ平民に大人気で彼女への支持も厚い。これ以上力をつける前に、香苺は必ずや蘭月を蹴落とし、後宮妃として盤石の地位を保たなければならない。

だからこそ、邪気払いの宴では、彼女の元にいる侍女を使って、衣装をすり替えさせた。しかし、彼女は漣龍から処罰を受けるわけでもなく、なんと直々に呼び出されたというではないか。邪気払いの宴の夜、香苺があの手この手で漣龍を閨《ねや》に誘い、すべてすげなく断られたにもかかわらず、だ。

現在、皇帝の妻である四妃の位《くらい》のうち、ただひとり、香苺だけが白妃の位《くらい》を賜っているという事実だけが、香苺の矜持《きょうじ》を保っている。

そうはいっても、安心してはいられない。皇帝の四妃――青妃、朱妃、黒妃、白妃のうち、もっとも位《くらい》が低いのが白妃だ。もし蘭月が他の位《くらい》を手にいれてしまったら、香苺の面子は丸潰《まるつぶ》れになる。それだけは、絶対に阻止したかった。

「あの虎眼族の娘――なんて使えない奴」

香苺は思わず吐き捨てた。香苺の手のひらで転がっている限りは、これからも重宝してやろうと思っていたのに。ぶるぶると震えているばかりで、何も役に立ちやしない。

「下がりなさい」

香苺の言葉に、侍女はこれ幸いと逃げていく。

いつもこうだ。いつの間にか香苺の周りから人がいなくなる。次期皇后の元で仕えているようなものだというのに。

先ほど几《つくえ》の上に運ばせていた月餅《げっぺい》に手を伸ばす。はしたないとは思いながらも、怒りに駆られるまま、大口でかぶりついた。がつんとくる甘さがちょうどいい。たまりにたまった鬱憤も、甘いものを食べるときだけは、忘れられる気がした。

（あの嫌がらせの件も、いまだに犯人がわかっていないのに。どうしてこんなに、困り事ばかりが起こるのかしら）

わたくしは悪くない、と自分に言い聞かせながら、香苺は後宮妃三人分の月餅《げっぺい》を食べ尽くした。

＊　＊　＊

蘭月は朝からせっせと真珠の粉をすり潰《つぶ》していた。大きめの乳鉢に、真珠を砕いた粉と蜂蜜、さらに乾燥させたハトムギとハトムギから抽出した液を混ぜている。見た目は悪いが、これが蘭月お手製の美容糊《パック》だ。

「らんげつ、それ食べれるの？」

お粥をぐちゃぐちゃにしたような乳鉢の中を眺めて、白沢が聞いた。

「食べようと思えば食べれるかもしれませんが、美味《おい》しくは……ないと思います」

「じゃあ、いいや」

乳鉢の中を嗅いで、白沢はぷいっとどこかへ行ってしまう。苦笑しながらそれを見送って、蘭月はごりごりと乳棒ですり混ぜる。

真珠は、美白と肌の艶。ハトムギも美白。蜂蜜で保湿としみ・皺《しわ》の予防。そして、この美容糊《パック》の繋《つな》ぎも兼ねている。

美を保つためには、毎日少しずつでもやれることを積み重ねていくのが大事だ。

（たまに、サボっちゃうときもあるんだけどね）

元気がある日にできることをして、元気がないときはゆっくり休む。毎日しっかりやらなくちゃと思うと疲れてしまうから、少しずつでいい。身体だけでなく、心にも休息を与えてあげたい。

今日は華月として後宮を出る。化粧はできないが、その代わりに少しでも自分に自信を持ちたかった。

（もう少し、持ち運びしやすかったら売れそうなんだけどなぁ）

蘭月特製の美容糊《パック》は、これ以外にも複数の種類がある。処方《レシピ》を売るという手もあるが、それでは忙しい女子たちは手に取らない。

（小さな瓶に詰めるというのも手ね）

瓶で売るとしたら、使えるのは二回ぐらいだろう。となれば、平民にはなかなか手を伸ばしにくい。『美蘭堂』の販売は停止しているが、いつか再開したときに備え、今から新商品を考えても損はない。

完成した美容糊《パック》を顔面に塗りながら、蘭月は楊家から届いた手紙を読む。

中には、星辰商会の現状や兄の近況が綴《つづ》られていた。多忙な兄に会うためには、予め予定を把握しておく必要がある。幸い、亡くなった祖父の右腕として働いていた者が、蘭月と兄の間を取り持つために手筈《てはず》を整えてくれていた。

（まだ、私の味方がいてくれてよかったわ）

蘭月はほっとひと息つく。

祖父亡きあと、楊家は祖父派と兄派とで二分されている。商人としての才覚があった祖父に憧れ、ついてきた者たちが祖父派。一方の兄派は、商家としての楊家ではなく、貴族としての楊家に期待する者たちだ。楊家の莫大な財力を用いて、政治的な権力をつけることを望んでいる。

祖父の元、商売を学んできた蘭月はもちろん祖父派だ。商人として、祖父が作りあげた家だ。政治的な権力など、自ら求めるものではないと思っている。

「よし、行くわよ」

蘭月は小声でつぶやいて、気合をいれる。水盆に入っているぬるま湯を使って、美容糊《パック》を綺麗に洗い流す。さっぱりとした洗いあがりだが、肌が突っ張ることもない。

今から帰るのは実家ではない、もはや戦場だ。

自分の宮から出て、蘭月はそのまま徒歩で城下へ向かう。太陽はすでに高いところにある。漣龍には、今日中に帰ると約束していた。急がなくてはならない。

後宮のなかを華月として歩くのは落ち着かない。ぽつぽつと歩いている後宮妃やその侍女たちを見かけると、胸がどきりと大きく跳ねる。

今の蘭月は、ただの侍女にしか見えないはずだ。それなのに、人目があると思うだけで緊張してしまう。

(化粧の力って、やっぱりすごいわ)

中身は同じ蘭月なのに、化粧のあるとないとでこんなに気持ちが変わる。

誰にも会わないように足早に進んだ蘭月は、後宮を守る大門へとたどり着いた。この大門が、皇帝が私生活を送る場所である内廷と、政治をおこなう場である外廷を隔てている。

漣龍が住む祥雲宮《しょううんきゅう》を囲うように位置しているのが、龍雲国の後宮だ。後宮には、四妃と呼ばれる位《くらい》を持つ妃たちが住む宮が、東西南北に位置している。白妃の宮である菊花宮は西にあり、蘭月が住む雅風宮は東側にあった。最も会いたくない白妃たちに会うことはないだろう。

大門で書状を出すと、衛士《えじ》も慣れたものなのか、ちらりと書状を見て城下へと促した。軽く頭を下げて、蘭月は久しぶりに後宮の外へと足を踏みいれた。

他国の後宮事情はよくわからないが、龍雲国の後宮は他国と比べても圧倒的にひらかれた場所だ。皇帝からの許可があれば、侍女や後宮妃たちの出入は自由。去る者は追わず、来る者拒まずがこの後宮の方針だった。

大門から出てしばらく歩くと、次は城と城下を分ける宮城の前に出た。多くの人を受けいれられるよう、門は大きな造りになっている。ここを抜けると、城下町へと繋《つな》がる。蘭月の兄である緑瑛は、城下に別荘を建てた。今日向かう先は、そこだ。

(城下町をちゃんと見たことがなかったから、楽しみだわ)

城下町は、たくさんのものや人が集まる場所だ。商人にとっては、夢のような場所でもある。後宮に入るときは、城下町を見る心の余裕がなかったから、楽しみにしていた。蘭月の胸は期待で高まる。

門から続く大きな通りは、馬車や人で混雑している。他の人と肩が当たって歩きにくい。

（こんなに人がいるのね！）

まずは人通りの多さに驚いた。

龍雲国は、他の国に比べて長い間平和を保っている。他国から逃れてくる者も多く、最近はそれが問題にも発展しているが、同時に龍雲国の活気を生み出す要因のひとつにもなっているのだろう。

人の流れに沿って進むと、屋台が立ち並ぶ広場にたどり着く。たくさんの人であふれ、賑やかな雰囲気が漂っていた。広場の中央は特に多くの人が集まっている。蘭月はそちらへと足を向けた。

人だかりの中央にあったのは、人形劇だった。紐《ひも》で吊るされたふたつの人形が、黒い服を身に纏《まと》った男に操られている。

「さぁさぁ、観てらっしゃい！　本日この場所で演じられるのは、龍雲国の始まりの物語だよ！」

人形を操っている男の隣で、太った男が呼び込みをしていた。

龍雲国に住む者ならば、誰もが知っている始まりの物語。それでもこれだけの人数が一目見たいと集まるのは、この物語が愛されている証拠だろう。集まった群衆を満足そうに眺めて、男は朗々と語り出した。

「むかしむかし、あるところにとある少女がいました」

木の箱で作られた舞台の上に、長い髪の少女が登場する。

「少女の名前は、玉秋《ぎょくしゅう》。どこにでもいる平民の娘です」

少女が身に纏《まと》う桃色の衣装は、煤《すす》けてぼろぼろになっている。

「少女の住む土地では、長く戦が続いていました。少女の父親は戦に向かい、少女の母は病気で動くことができません」

怯《おび》えた様子の少女。父親と思われる男の人形が少女の元から離れ、敵の剣に貫かれる。

「父親は、戦で亡くなってしまいました。玉秋はどうなってしまうのでしょう」

悲しげに男が言う。

箱の中には木の葉が舞い、玉秋はぶるぶると震えながら、母親の看病に勤《いそ》しむ。

「貧乏な暮らしのなか、玉秋は必死に暮らしていました。そんなある日、玉秋の住む村に、敵が攻めてきたのです」

男が箱の横に出ている取手を押すと、火のついた木がめらめらと燃えあがる。あっという間に、玉秋は炎に囲まれてしまった。わぁ、と前方から声があがった。

「もうだめだ、このままでは死んでしまう！　玉秋がそう思ったとき、真っ赤に燃える空から、光が降ってきました」

炎がぴたりと止まり、代わりに空から光輝く何かが降りてくる。水晶玉が太陽に照らされてきらきらと輝いた。

「龍だ！」

無邪気な子どもの声が辺りに響く。口上を述べていた男は、にこりと微笑んだ。

「そうです、その時、龍が舞い降りたのです！」

水晶玉の代わりに、男は大きな龍の人形を手に取った。銀色に輝く鱗《うろこ》に、碧玉《へきぎょく》の瞳を持った龍は、悠々と空から舞い降りてくる。

「綺麗……」

龍の人形を見て、誰かが声を漏らした。

人形だとわかっていても、美しい龍に惚《ほ》れ惚《ぼ》れする。群衆も蘭月と同じように感じているのだろう。その場にいる誰もが、固唾《かたず》を呑《の》んで見守るなか、銀色に輝く龍は、玉秋の元へと舞い降りた。

「そなたに力を貸してやろう！」

低い声で男が言ったとき、玉秋を囲んでいた炎も兵士の姿もどこかへ消え去った。

「空から光輝く龍が降り立ち、玉秋を救ったのです」

龍のおかげで、戦は終わり、豊かな土地が戻ってきた。お腹いっぱい食べられるようになり、玉秋の母親も回復した。みすぼらしかった玉秋の服が美しいものへと変わる。

「ありがとうございます。龍神さま」

そう言って、玉秋は龍へと語りかける。すると、龍の姿が一瞬掻き消え、代わりに美しい男性が目の前に立っていた。

「そなたは、心根の美しい方。私の番《つがい》としてともに生きてくれないか」

低い声で、龍神は玉秋へ祈るように告げた。玉秋は頷く。

「こうして、玉秋は幸せに暮らしました」

男はそう言って物語を締めくくる。拍手が広場を埋め尽くした。

（結末がわかっていても、見てしまうのよね）

この国は、龍の力によって守られている。龍がこの地に降り立ったからこそ、龍雲国の民たちはひとつになった。漣龍の力があってこそ、龍雲国の平和が保たれているのだと、この劇を見るたびにひしひしと感じる。

（もし、漣龍さまがいなくなったら）

その時のことを考えたくはないが、考えるだけで背筋が寒くなる。

女である桃麗は皇帝になれない。漣龍の血を継ぐ男児がいなかった場合、桃麗が次の皇帝を産むまでは皇帝は空位となる。あらたな皇帝の御代となるまで、何百年とかかるだろう。その間、龍雲国は平和でいられるだろうか。

龍の力を持つ漣龍や桃麗と比べると、蘭月の生きる時間は、ほんの一瞬だ。蘭月は彼らの半分も生きることができない。きっと、漣龍の治世のすべてを見ることは叶わないだろう。蘭月亡きあとも続いていくだろう漣龍の御代が安らかであることを、ただ祈る。

（漣龍さまに素敵な番《つがい》が見つかるといいけれど）

そう思ってから、ずきんと胸が痛むのを感じた。これまでに感じたことのない胸の痛みに、蘭月は困惑する。

（私、どうしてこんな気持ちになっているのかしら）

漣龍に大切な番《つがい》を見つけて欲しいと思う。その気持ちは本物だ。龍雲国のためにも、漣龍自身のためにも。蘭月が死んだ後も、漣龍は長い時を生きていく定めにある。

身の回りの人々が、自分を置いていく。それは、蘭月が知り得ない苦しみなのだろう。

（漣龍さまには、その生がある限り、ずっと幸せでいて欲しい）

ただの侍女である華月にも、優しくあってくれる美しい人。

漣龍に必要なのは、番《つがい》だ。長い時をともに生きる、半身。

（もし、いないのだとしたら――）

少しでも、力になれることがないだろうか。そう考えてから、はっと気づく。漣龍は皇帝であり、蘭月はただの後宮妃であり侍女だ。なんて浅ましい考えを持ってしまったのだろう。身分違いにも程がある。ぐっと唇を噛んで、蘭月は自分に言い聞かせる。

人形劇の男が帽子をとると、小銭が投げ込まれていく。ぼんやりと眺めてから、蘭月も少しばかりの小銭をそこにいれて、止めていた歩みを進めた。

＊　＊　＊

漣龍は書物を書く手を止めた。あけ放たれた窓からは初秋の風が吹き、髪を揺らす。身体を通り抜けていく風は冷たく、もう夏は終わったのだといや応なしに理解する。

漣龍は秋が嫌いだった。

秋になると思い出してしまう。彼女のことを。たったひと夏、漣龍の目の前で煌《きら》めいて消えてしまった星。ひと夏の思い出としてしまうには、あまりに濃く、そして辛い思い出だった。

彼女と過ごした夏。そして、彼女を失った秋。秋の冷たさは、彼女を失ったときの、身を引き裂かれるような痛みを想起させる。見ないふりをしていた傷は癒えたわけではなく、常に漣龍の側にいた。

――いつか、自分が自分でなくなるかもしれぬ。

彼女を失ってからというもの、そんな予感が漣龍のなかにずっと存在していた。龍は、たったひとりの番《つがい》を生涯強く求め続ける。自分のなかにある、自分では抑えきれない自分。龍という生き物はなんと難儀なのだろう。

「漣龍さま。後ほど、桃麗さまがお会いしたいと」

青海の声がかかる。漣龍は頷いた。この世でたったひとり。漣龍と同じ龍の血を引く妹。

この国では、男皇子のみが皇帝となる。女として生まれたことで、桃麗の人生は決定づけられた。

漣龍に万が一があった場合、彼女は龍の血を引く男《おのこ》を産まなければならない。そのための命だと、桃麗は受けいれているとはいえ、漣龍にはいつも、桃麗に対する負い目のようなものがあった。

もし、漣龍が女だったら――。

もし、桃麗が男だったら――。

たったそれだけの違いで、漣龍と桃麗が立っている場所は、まったく違った。

だからこそ、漣龍はたびたび桃麗の元を訪れたし、桃麗も漣龍の元を訪れた。それはたったひとりの肉親として、そして龍の血を引く者同士、当然のことだった。

庭園の東屋《あずまや》から、桃麗が手を振っている。満面の笑みを浮かべる桃麗に手を振り返し、漣龍は歩みを進めた。

「お兄さま、お元気でしたか？」

弾けるような笑顔で、桃麗は挨拶をする。最近も会ったばかりだというのに、桃麗は久しぶりに会ったような反応をする。

それだけ楽しみにしてくれていることは嬉しい反面、桃麗にはこれ以外に楽しめることはないだろうか、と不安にもなる。

「あぁ。私は変わりない。そなたも息災だったか？」

「わたくしはいつも元気ですわ。お兄さまは、いつも政務に明け暮れていらっしゃる。わたくし、それだけが心配で」

大きくて垂れ目がちの瞳を潤ませて、桃麗は言った。

「私は大丈夫だ」

そう言って微笑みを浮かべると、桃麗は安心したように息を吐いた。幼い外見に似合わない、母のような慈愛に満ちた視線を受けとめる。この妹は、自分のことになるとひどく心配症になることを知っていた。

「お兄さまは、いつもそうおっしゃいます」

ぷくりと頬を膨らませる桃麗。

「そうは言っても、本当に身体には問題ないのだから、他に言えることもあるまい」

「では、最近何か変わったことはありましたか？」

桃麗の問いに、一番最初に浮かんだのは、彼女の顔だった。後宮妃、蘭月としてではなく、華月としての顔である。後宮妃として着飾った彼女ももちろん美しいが、着飾っていないときの彼女のほうが、幾分か表情が柔らかい。もっと色んな表情を知りたい、もっと側にいたいと渇望しない日はない。

「いや、特に何もないな」

頭に浮かんだものを強いて消して、漣龍は答えた。一瞬、ほんの一瞬だけ、桃麗が不満そうな顔をしたところを、漣龍は見逃さなかった。桃麗は、何か嫌なことがあったとき、少しだけ唇が尖る癖がある。本人は気づいていないつもりなのだろうが、長年一緒にいれば嫌でも気づく。

「先日、桃麗から教えてくれた妃の件だが、おかげで助かった」

「白妃のことでしょうか？」

白妃から、楊蘭月が無礼を働いたとの訴えが届いた。それに対して、彼女が侍女に案内されて冷宮へ足を向けていたと教えてくれたのは、桃麗だった。

「あぁ」

「彼女は少し、自己顕示欲がお強いですからね」

おっとりと、桃麗は言う。

漣龍は、後宮妃たちが苦手だった。漣龍の番《つがい》になろうと、妃たちは互いに蹴落とし合い、嘘《うそ》と裏切りが渦巻く後宮は、いつも争いに満ちていた。仮面をかぶり、いい顔をしてみせることは簡単だったが、彼女たちは漣龍の本心を知ろうともせず、偽りの漣龍を求めるばかり。いつの間にか漣龍の心は疲れ果て、後宮への足も遠のいた。

漣龍の訪れがなくなると、彼女たちは他の後宮妃のせいだと決めつけ、争い、次第に心を病んでいった。

後宮妃たちは苦手だったが、傷つけたいわけではなかった。自分のせいで、後宮妃たちの人生を壊してしまう。それが怖くて、漣龍は後宮妃との接触をできるだけ避けた。

一方、桃麗は冷宮送りにされた後宮妃たちを積極的に見舞った。漣龍が人生を壊してしまった妃たちを、桃麗は慈愛で包み込む。

壊す漣龍と、救う桃麗。まるで違う。本当は、桃麗のような心優しい者が皇帝になったほうがよかったのではないか。そう思ってしまう。漣龍は目を伏せた。

「ですが、蘭月さまもまたひとりの後宮妃。何も罰さずというのは、皇帝の権威に関わるのではないですか。もし次に何か起こったら、どうするのです？」

漣龍を批難する声色で、桃麗は言った。政治には積極的に関わろうとしない桃麗だが、後宮に関しては、時たまにこうして苦言を呈する。

いくら実の妹であったとしても、漣龍の胸のなかに、不快感がこみあげてくるのを感じた。

（お前に、何がわかるのだ）

真っ向から反論したくなるのをこらえて、漣龍は口をひらく。

「本人からも事情は聞いている。次が起こるとは思えない」

「ですが――」

「そなたが案ずるようなことはない」

桃麗の言葉を遮り言い切ると、桃麗はまだ不満の残る表情をしながらも、口を閉じた。

せっかくのふたりの時間だ。漣龍とて、争うことなどしたくない。それでも、胸のなかに荒れ狂う感情が沸き立つのは止められない。声色には隠しきれない苛立ちがにじんでいた。

「……すまぬ」

傷ついたような、困惑したような表情の桃麗に、思わず謝罪の言葉が口を突く。

「なぜ、お兄さまが謝るのです。こちらこそ、申し訳ございません」

桃麗はしゅんと肩を落とす。気まずい沈黙が、ふたりの間におりた。

「用事を思い出しました。今日はここでお暇《いとま》しますね」

明らかな嘘《うそ》をついた桃麗は、そう言って席を立った。

後に残された漣龍は、しばし秋の風に吹かれながら、城下へ出かけた彼女のことを考えていた。

＊　＊　＊

広場を抜けた蘭月は、市場を物色しながら目的地へ向かって歩く。

青空の下にずらりと立ち並んだ屋台では、色とりどりの品々が売られている。採れたての卵や野菜、蒸《ふか》したばかりの饅頭《まんじゅう》や肉の串焼き。どれも美味《おい》しそうで、眺めながら思わずよだれが垂れてしまいそうだった。

（いけない、いけない。私は一応後宮妃なんだから）

ただの商人の娘であった過去と違って、名目上は漣龍の妻である。昔であれば食べ歩きをするところだったが、どんなに美味《おい》しそうでも今日はしない、と決意して歩く。

市場の路地を抜けて少し歩くと、閑静な住宅地に着く。城下町のなかでも、特に格式が高く、貴族たちの邸宅があるような地区だ。ここに、蘭月の兄もいる。ふうと息を吐いて気合をいれてから、蘭月は今日の案内人を待った。

「蘭月さま、お早いお着きで」

しばらく待っていると、そこに現れたのは、祖父の側近であり、弟子でもあった樹《じゅ》陵《りょう》であった。星辰商会で働きながら、『美蘭堂』の仕事も手伝ってくれていた樹陵に、蘭月は頭があがらない。蘭月が後宮入りを決めたときには、蘭月は商いをやるべきだ、と最後まで言ってくれたのも樹陵だった。

年のころは、蘭月の父親と同じ三十代後半。知的な眼鏡をかけ、長い髪は後ろでひとつに結っている。近寄るだけで、男の魅力にやられそうになる美丈夫だ。蘭月に無関心だった本当の父より、樹陵のほうがだいぶ父親らしい。

「樹陵も元気そうで。よかったわ」

「はい。お陰様で、今のところ追い出されずに済んでいます」

「あら、あなたのようなできる男を追い出したら、星辰商会は終わりだわ」

嘘《うそ》ではなく、心からの本音だったが、樹陵は豪快に笑い飛ばした。

「師匠《せんせい》が作った星辰商会は、私が守り抜きますよ」

「それは兄上に言って欲しい台詞《せりふ》ね」

「緑瑛さまは、近ごろ政務のほうがお忙しそうで。蘭月さま、調子はいかがですか」

「そうね……。まだ、『美蘭堂』を取り戻すために時間はかかりそうだわ」

蘭月はため息交じりに答えた。樹陵には、『美蘭堂』奪還計画を話してある。

「そうですか。多くの方々から、『美蘭堂』の復活を願う声が届いております。『美蘭ましての化粧品がないと楽しみがない、化粧ができないなどと泣きつかれて困っておりまして……」

「そうね。手持ちのものを使い切ってしまった方は困るわよね」

同じく化粧をする者として、『美蘭堂』の商品がないと困る気持ちはわかる。

「でも、兄さんの要求を受けいれることはできないわ」

蘭月は表情を引き締める。『美蘭堂』の権利を奪った兄は、商品値上げを条件に販売を認めると言ってきた。兄の条件は、身分を問わずたくさんの人へ『美蘭堂』の商品を届けたいという蘭月の信念とは、相容《あいい》れないものだ。蘭月は泣く泣く、『美蘭堂』の販売を停止した。『美蘭堂』を愛好していた人たちには申し訳ない気持ちでいっぱいだ。

『美蘭堂』を復活させるために、後宮で蘭月の評判をあげ、兄から『美蘭堂』を取り戻す。そう心に決めたものの、なかなか進捗は芳しくない。兄との交渉を足掛かりに、少しでも計画を進めたいところだった。『美蘭堂』の今後がかかっていると思うと、にわかに緊張してくる。

「――着きました」

樹陵の言葉に、蘭月は思わずぽかんと口をあけた。目の前にあるのは、まさに大邸宅であった。

「初めて見たけど、こんなに大きな家だったのね？」

「当主さまが、貴族としての体面を守っておかないと……と話しておられたようです」

苦い顔をして、樹陵は言った。

質素倹約に努めていた祖父とは、まるで違う。蘭月の実家も、父の代で豪華に建て直されたが、ここまで大きくはなかった。

「おじいちゃんが見たら、どう思うかしらね」

「わしらは貴族じゃない、などと厳しく言われるでしょうね」

「そうよね」

（白妃さまが私に敵意を向けるのも、わかったような気がするわ）

楊家は貴族であって、根っからの貴族ではない。いわゆる成金だ。ぽっと出てきた商家の一族が政界でも力をつけ始めれば、古くからの貴族は危機感を覚えるだろう。由緒正しい貴族の代表とも言える白妃の桂家が、蘭月に厳しく接するのもわからなくもない。

「よし、行きましょうか」

覚悟を決めて、蘭月は一歩踏み出す。

商いをしていた実家と違い、ここは完全に兄が過ごすためだけの家のようだ。蘭月の顔を見た使用人が、驚いた顔で蘭月と樹陵を見比べる。

「蘭月さま、なぜここに?!」

「陛下に許可をいただいて来たの。兄さんと会いたいの、繋《つな》いでくださる？」

蘭月の言葉に使用人は会わせていいものか戸惑ったようだが、絶対零度の笑みで隣に佇《たたず》む樹陵を見て、観念したようだった。

「こちらへどうぞ。ただいま旦那さまをお呼びいたします」

「ありがとう」

門前払いされなかったことにほっとしながら、通された部屋で兄の訪れを待つ。知らず知らずのうちに、手が震えていた。

「蘭月さま、大丈夫ですか？」

蘭月の様子を見て、樹陵が心配そうにたずねる。これから兄と会うと思うと、心は落ち着かない。過去にかけられた兄の言葉は、呪いのように今も蘭月を蝕《むしば》んでいる。

顔の痣《あざ》を醜いと罵《ののし》った兄。醜い痣《あざ》を持つ呪われた人間は、うちにはいらないと家を追い出された。血の繋《つな》がりはあるが、家族とは言えない。兄が蘭月を家族と認めたことはなかった。

「今となっては、感謝してるのよ。兄さんがいなければ、私は強くなれなかった」

樹陵に微笑んで、蘭月は答える。

正直に言って、兄のことは恨んでいる。嫌いだ。それでも、兄がいなければ、蘭月は強くなろうとはしなかった。

今日は敵対しに来たのではない。理不尽に疎まれた過去が、蘭月を強くした。

かっていれば、必要以上に怖がる必要はない。ただ、商談をしに来ただけだ。難しい相手だとわかっていれば、必要以上に怖がる必要はない。そう自分に言い聞かせる。

忙しない足音が遠くから聞こえてきたと思えば、蘭月の兄——緑瑛が姿を現した。

ぎゅっと胸が掴《つか》まれる感覚に陥りながらも、蘭月は笑みを絶やさない。

「兄さん、お久しぶりです」

緑瑛は静かに並んで座る蘭月たちを、血走った瞳で睨《にら》んだ。

兄に最後に会ったのは、後宮入りの日だったか。数か月の間にずいぶんやつれた。

「なんでお前たちがここにいるんだ」

怒気をはらんだ緑瑛の声にも怯《ひる》まず、蘭月は口をひらく。

「陛下に許可をいただいて参りました。兄さんに良い提案ができるのではないかと思いまして」

「良い提案？　お前は後宮妃だろう。楊家のことに首を突っ込むな」

家から追い出したのはどっちだ、と言いたくなったが口には出さない。隣にいる樹陵の空気が、一層険しくなったのを肌で感じる。

「それでも、私は楊家の血を引いています。星辰商会に得となると考えてまいりりました」

言って、樹陵に目で合図する。すっと、樹陵が書類を取り出した。

「私の提案は、虎眼族の方々と取引をしませんか、というものです」

書類には、樹陵に調べてもらった、西方の血を引く行商人――虎眼族に関しての詳細が記載されている。喬琳から聞いた通り、虎眼族は白妃の実家である桂家と取引をおこなっていたが、薄利多売の取引を強いられている実情があった。

龍雲国は何百年もの間平和を保っている。他国から移住を求める者も多く、その受けいれが問題になっている。どこの領地でも、移住民たちを歓迎する者はいない。そのなかで、桂家だけは虎眼族の保護を表明していた。虎眼族が龍雲国に住むためには、桂家を頼るしかない。その弱みにつけ込んで、桂家は利益を出していた。

「虎眼族？　西方の血が混じる行商人一族だな。それがどうした」

緑瑛が鼻で笑う。

「虎眼族と取引をおこなうことができれば、星辰商会の取引範囲は大幅に広がるでしょう。これまでも、西方の商材を取り扱おうと努力はしてきましたが、実現しませんでした。今ならば、足掛かりを作ることができます」

そう言って、蘭月は一度言葉を切る。

「星辰商会に利益があるだけでなく、桂家に打撃を与えることも可能かと」

　蘭月の言葉に、兄の目がぎらりと光る。

「お前の狙いは、それか」

　薄く笑いながら肯定する。虎眼族は桂家の取引先だ。取引先を勝手に横取りするわけにはいかない。相応の準備が必要だ。そしてそれには、緑瑛の助力も必要だった。

「桂家と真っ向から対立するかたちにはなりますが、兄さんの狙いとは合っているかと」

「桂家からは、白妃を輩出しているな」

「はい。白妃さまは後宮内でも強い力を持っておられます」

「お前が後宮入りしたからには、白妃の勢いを削《そ》いでもらわなければ困る」

　醜い、女としての価値などないと蘭月に言い放ったのは、あなただろう。そう反論したくなるのをぐっとこらえて、蘭月は口をひらいた。

「こちらをご覧ください」

　蘭月は手元の書類を指した。

「桂家の収支表です」

「お前、どうしてそんなものを」

「完全に正確とは言えないかもしれませんが、概算はとれているでしょう」

　桂家を蹴落としたい緑瑛にとっては、喉から手が出るほど欲しいだろう。

桂家と取引をおこなったことがある喬琳に頼み、これまでの状況を踏まえて概算を出してもらった。

蘭月が指し示した書類を、緑瑛はひったくるように奪った。眼光鋭く、静かに書類を読み、そして観念したように息を吐く。

「たしかに、俺の想定とさほど変わらないな」

蘭月は商人だ。相手の望むものを先回りして渡すことで、自分の要求を受けいれやすくする。今回は、蘭月にも緑瑛にも利益があると踏んだからこそ、強行突破した。

「それで、何が望みなんだ？」

蘭月から目を逸《そ》らしながら、緑瑛は言った。口元が緩みそうになりながらも、蘭月は口をひらく。

「虎眼族との良いお取引を。目をつけている行商人もおります」

そう言って、蘭月は再度樹陵に目配せする。蘭月の合図で、樹陵はもう一枚書類を取り出した。そこには、桂家の代わりに楊家が虎眼族と取引をした場合の概算が記載されている。

「こちらで同意をいただいておりますが、いかがでしょう」

「まさか……お前ってやつは……！」

怒気を含んだ声で言いながらも、兄は書類へ手を伸ばす。商売の手腕は樹陵に劣るとはいえ、緑瑛も根は商人である。儲《もう》け話があると知れば、首を突っ込まずにはいられない。

「私としても、この内容で取引することで良い影響があると考えております」

それまで静かに話を聞いていた樹陵も意見を述べ始めた。当主の緑瑛といえど、実際に現場を取り仕切っている樹陵には頭があがらない。

「私どもはいまだ市場に広まっていない、独自の商品を売り出すことで人気を博しております。西方の珍しい商材を手にいれられるのは非常に良いことだと思います」

「それに、西方への足掛かりを作ることは我々にとって大きな利がありますす」

樹陵を引き継いで、蘭月も言葉を続ける。

「この龍雲国では、長らく平和が続いています。ですが、我々は内へ内へとこもり、独自の文化を保っている。これは、別の見方をすれば、孤立しているとも言えるでしょう。西方との繋《つな》がりを持つことで、もし万が一のことがあった際に、救援を求めることもできるはずです」

「なっ……！　お前、陛下を侮辱しているのか？」

「いえ」

間髪いれずに否定すれば、緑瑛は蘭月の圧に押されてか口をつぐんだ。

「この国を平和に保つのは、政《まつりごと》に関わる兄さんの務めです。ただ、どんな時のことも考えて手をうっておくことが、商人として大切なことではありませんか？」

蘭月の言葉を否定できず、緑瑛はすっかり黙り込んでしまった。

兄の胸中では、さまざまな感情が渦巻いているのだと、蘭月は見て取った。

(私の提案を呑《の》むのが、悔しいのでしょうね)

ずっと見下してきた蘭月からの助言を、受けいれるしかない状況。兄にとっては、最大の屈辱だろう。

「……わかった。いいだろう」

長い沈黙を経て、緑瑛は重々しく頷いた。

「やり取りは樹陵に任せる」

そう言って、緑瑛は立ち去った。あとには樹陵と蘭月が残される。

「いやはや、お見事でした」

樹陵が蘭月に労《ねぎら》いの言葉をかける。肩の荷が下りるとは、こういうことを言うのだろう。蘭月は深く息を吐く。

(初めて、兄さんが私を認めた)

緑瑛は蘭月をずっと蔑《さげす》んできた。邪魔な疎ましい存在としか思っていなかったはずだ。そんな緑瑛に、蘭月の商人としての力を、認めさせることができた。

緑瑛から言質を取ったことは、大きな前進だ。楊家の後ろ盾を得て、喬琳が白妃に怯《おび》えることもなくなるだろう。だが、これで終わりではない。蘭月が目指すのは、『美蘭堂』の復活だ。

「ありがとう、樹陵。あなたの力添えがあってこそよ」

蘭月は少しだけ肩の力を抜き、笑みを浮かべた。

「蘭月さまが困っているところに駆けつけなければ、死んだ師匠《せんせい》に面目が立ちません」

「おじいちゃん、喜んでくれるかしら」

蘭月は祖父の背中を見て育ってきた。祖父は商談の場では、常に冷静で計算高い一面を見せていたが、困っている者を見捨てることはできない人だった。

競合する商家によって打撃を受け、売り上げが落ちてしまった商家から、救いを求められたことがあった。抱えていた在庫を買い取り、少し手を加えて新たな価値をつけて売り直すことで、再生させたこともあった。そんな祖父の凄《すご》いところは、誰かを救うだけでなく、自分の利益もあげてしまうところだ。そんな祖父に憧れていた蘭月にとって、今回喬琳を救えたことは、大きな自信になった。

「師匠《せんせい》なら、きっと喜びますよ。一番弟子の蘭月さまが、こんなにも美しく、賢く成長されたのですから」

「……ありがとう」

よく知った樹陵であっても、容姿を褒められるとむずむずする。いつもの化粧をしていないから、なおさらだった。

「蘭月さま、ひとつ提案なのですが」

すっと樹陵が表情を引き締めて言った。

「なに？」

「後宮妃、辞めませんか」

「……え」

樹陵の真剣な眼差《まなざ》しに、蘭月は言葉を失った。樹陵は本気だ。

「蘭月さまには商才があります。その才を、後宮で眠らせておくのは勿体《もったい》ない。『美蘭堂』復活は、後宮妃でなくてもできるはずです」

その時、蘭月の頭のなかに浮かんだのは、漣龍のこと、白沢のこと、喬琳のことだった。今、蘭月が後宮からいなくなったら、どうなってしまうのだろう。

「ごめんなさい。後宮妃としてやり残したことがあるの。だからまだ帰れないわ」

「そうですか。いつでも、私の右腕の役割はあけておきましょう」

残念そうに微笑んで、樹陵は自分の右腕をぽんと叩く。

「ありがとう、樹陵。あなたにはいつも借りができてしまうわね」

「いいんです。蘭月さまから、いつか大きな借りを返していただけるはずですから」

蘭月の言葉に、樹陵はにやりと笑った。

「はいはい。その時がきたら何倍にもして返してあげるわ」

その時、ぐぅとお腹が鳴った。緊張の糸が切れた証拠だろう。

「そうだ。ここに来る途中に、美味《おい》しそうな屋台をいくつか見かけたの。行ってみない？」

「いいですね。ぜひ、行きましょう」

別荘を出て屋台へ向かうと、どこからともなく美味《おい》しい匂いが漂ってくる。緊張から解放されたお腹は、早く早くと急《せ》かすように音を鳴らした。

「城下は活気があっていいわね」

「私もこちらへ来るのは久々ですが、力がありますよね」

「こんな良いところに兄さんが住んでいるなんて、羨《うらや》ましいわ。ここなら、『美蘭堂』の新商品もすぐに思いつきそう」

人やものが集まる場所は、商いがしやすい。どんなものが求められているのか、流行を把握しやすいからだ。流行の移り変わりは早い。どれだけ時流に乗って判断できるかが鍵になる。

「蘭月さまは、何を召し上がりますか？」

屋台の品々を眺めながら歩いていると、樹陵がたずねた。

「どれにしようかしら」

お腹が空いているから、何でも美味《おい》しく見えてしまう。

厚切りの肉を使った串焼きに、蒸《ふか》したばかりのお饅頭《まんじゅう》。ほかほか湯気を立てているちまきも見える。

通りの角では、子どもたちに向けて飴細工《あめざいく》が実演されている。砂糖をふんだんに使えるのは、この国が豊かな証拠だ。

目移りしながら歩いていると、今まさに、できあがったばかりの肉まんが蘭月の視界に飛び込んできた。蘭月の手のひらぐらいもある大きな肉まんに、目が吸い寄せられる。

「あれ、美味《おい》しそうだわ！」

思わず声をあげると、樹陵は嬉しそうに目を細めた。父親ほどの歳だからか、樹陵は蘭月のことを娘のように思っている節がある。

「では、この肉まんを買っていきましょう」

樹陵が大きな肉まんをふたつ買って蘭月に手渡した。肉まんはあつあつで、ずっしりと重たい。

「あたたかいうちに、早めに食べましょう」

蘭月たちは、最初に蘭月が人形劇を見た広場まで戻ってくる。先ほど劇をしていた場所とは反対側の少し高くなったところに、朱塗りの東屋《あずまや》がある。東屋《あずまや》の前がちょうどよく階段になっており、座ることができそうだった。後宮妃としては少々お転婆《てんば》かもしれないが、今日ばかりは許して欲しい。

空腹に耐えきれず、急いで肉まんを頬張る。たっぷりの肉汁が口の中にあふれた。

「うーん！　美味《おい》しい！」

このために今日を頑張ったと言っても過言ではない。美味《おい》しいものを食べることは、生きる楽しみのひとつだ。ほっぺたが落ちるほど、美味《おい》しい肉まんに舌鼓をうっているると、目の前の広場に人だかりができ始めた。

「何かしら」

「揉《も》め事のようですが、少し見てきましょうか」

「私も行くわ」

立ちあがろうとした蘭月を、樹陵が止める。

「危ないかもしれません。蘭月さまはそのまま待っていてください」

蘭月が行ってもできることはないかもしれない。樹陵の手間を増やさないためにも、蘭月は樹陵の背中を見送った。

樹陵が姿を消してからしばらく経ったが問題は解決していないようで、むしろ人だかりはますます大きくなっている。

（樹陵は大丈夫かしら）

　これだけ人が多く集まる場所なら、盗みや暴力が起きても仕方ない。樹陵は成人男性で、人生経験も豊富だ。何かに巻き込まれていたとしても、自力で抜け出せるに違いない。

　それでも、一向に樹陵が帰ってくる気配はなく、じわじわと焦りが募る。その場で待っていることに耐えきれず、蘭月は立ちあがり人だかりへと向かった。

　人だかりの中心にあるのは、馬車だった。馬車の前には、幾人かの姿が見え、それを囲むように人が集まっている。

　そこに樹陵の姿があり、蘭月の心臓はどきりと音を立てた。樹陵が何かに巻き込まれたのかと、蘭月は急いで人だかりを掻き分ける。そんな蘭月の耳に飛び込んできたのは、女の金切り声だった。

「目の前に飛び出してきたのは、あなたでしょう⁈」

　声を荒らげていたのは、蘭月の兄――緑瑛の妻であった。兄嫁に対峙《たいじ》しているのは、汚れた衣服を身につけた女性だった。馬車の前で倒れており、周囲には女性が持っていたと思われる食べ物が散乱していた。馬車に轢《ひ》かれ、無残に潰《つぶ》れた食べ物も見える。

「あなたのおかげで、馬車も汚れてしまったじゃない。どうしてくれるのかしら」

　義姉の声に、女性は慌てて立ちあがり、必死で頭を地面に擦りつけて謝罪する。

「も、申し訳ございません！」

人混みが、ざわざわと兄嫁に対する不満の声を漏らしている。

「あんなの、当てつけじゃないか。ものすごい速度で走ってきたのは、あっちの馬車のほうだろ」

「彼女のほうは、もう少しで轢《ひ》かれて死ぬところだったんだぞ。少しは心配してもいいじゃないか」

周りを囲む人だかりから、義姉への反発が聞こえてくる。

（義姉さんが、また癇癪《かんしゃく》を起こしたのね）

蘭月が後宮に入る前から、義姉は兄と一緒になって、何かと文句をつけて蘭月に当たり散らしていた。

義姉は、貴族の娘であった。義姉の側は楊家の財産目当て、兄側は貴族との繋《つな》がりが目当て。双方の利害が一致した政略結婚であって、そこに愛はない。

兄が政界に進出することができた背景には、義姉の力添えも大きい。そのため、楊家で義姉に逆らうことができる者は多くない。小さい頃から蝶《ちょう》よ花よと育てられた義姉は、我慢するということを知らなかった。

（義姉さんをいったん鎮めなきゃ！）

樹陵が宥《なだ》めている様子が見えるが、なかなか気難しい義姉の癇癪《かんしゃく》は止まりそうにない。やっとのことで人混みを抜け出し、蘭月は義姉の前に姿を現した。

「蘭月……？」

義姉が驚きの声をあげる。

「あなた、なぜここにいるの」

「お久しぶりです、義姉さん。皆の目もありますし、ここはいったん収めたほうが得策です」

極めて冷静に、蘭月は言った。好奇心に満ちた目が、四方八方から蘭月たちを見つめている。義姉のせいでがたがたと震えている女性に向け、蘭月は手を差し伸べた。

「お怪我はありませんか？」

「は、はい」

蘭月の手を借りて、女性は立ちあがる。触れた手はあかぎれだらけで、普段から水仕事をしているのだとわかる。

「馬車も通る道だっていうのに、あの女、避けようともしなかったのよ。急停止したせいで、馬も驚いて大騒ぎ。あげくの果てに、あの女が持ってた食べ物も踏みつけて馬車が汚れる始末よ」

義姉は大げさにため息をつく。

先ほど女性が立ちあがったとき、片足をかばっていた。馬車を避けようとしなかったのではなく、自由がきかない足では避けられなかったのかもしえない。どちらにせよ、人目がある場所で喚《わめ》く必要があるとは思えなかった。

「そうだったのですね。では、この方の代わりに、私が必要な代金はお支払いします。それならば、義姉さんも異存はありませんね？」

「それは……」

蘭月が止めなければ、義姉はさらに難癖をつけるだろう。しかし、このままでは、楊家への批判にも繋《つな》がりかねない。わがままざんまいで許されてきた義姉には、それがわからないらしい。

「樹陵、そのように手配をお願い」

有無を言わさぬよう、蘭月は樹陵に命ずる。樹陵は言われたままに頭を下げた。

ぎろりと義姉が蘭月を睨《にら》んでいるが、今はこの場を収めるのが先決だ。義姉も自分が不利だと徐々に気づいたのか、不満気な表情をしながらも黙っている。だんだんと蘭月たちを囲んでいた人だかりも散り始めた。

「本当に、申し訳ございません。もう大丈夫ですよ」

蘭月はもう一度、義姉に難癖をつけられた女性に詫《わ》びる。女性は震える声で蘭月にお礼を言ってから人混みのなかに消えていった。その間、突き刺さるような義姉の視線に耐える。女性の姿が完全に見えなくなってから、蘭月は義姉を振り返った。

「蘭月、久しぶりね。後宮から追い出されたのかしら」

蘭月の顔を見て、義姉は言う。今、目の前で起きたことすべてを棚にあげて、義姉は蘭月を嘲笑《あざわら》う。義姉にとって、蘭月は嘲笑の対象に過ぎないのだ。

（そうだ……この顔だ）

品のあるまとめ髪に、真珠の簪《かんざし》。身に纏《まと》う紺の襦裙《じゅくん》には細かな刺繍《ししゅう》が施されており、一目見て高価だとわかる。富も名誉も美貌も、彼女は持っている。

（義姉さんは、綺麗だ）

実家で顔を合わせるたびに、義姉は蔑《さげす》むような目で蘭月を見た。

女の価値は美貌にあると、本気で思っている。だから自分の美のため、湯水のように金を使い、美を持っている自分は、周りよりずっと優位な人間だと思っている。だから、蘭月のような者――価値のない醜い者は貶《おとし》めていい。

義姉は、そうやって生きてきた。

「そんな顔で後宮妃なんて、笑っちゃうわ」

義姉はくすくすと笑う。何度も言われてきた。気持ち悪い痣《あざ》を見せるな。自分の前に顔を出すな。同じ空気を吸いたくない。

何を言い返しても、義姉には効かない。蘭月のすべてに、自分が優っていると思っているから。悔しいという気持ちも、とっくの昔に果ててしまった。

「私は陛下の許可を得てここに来ています」

蔑《さげす》みに満ちた義姉の視線を振り払うように、蘭月はきっぱりと言った。

――その時だった。

「そうだ」

低い声が、蘭月に味方した。

突然の声に振り向くと、そこにいたのは――漣龍だった。

（れ、漣龍さま……?!）

無意識に名前を呼ぼうとして、蘭月は思わず口をふさいだ。

銀の髪はさらりと風に吹かれ、急いできたのか少し袍《うわぎ》は乱れている。いつも優しく蘭月を見つめる碧《あお》の瞳は、今ばかりは厳しい色を持って義姉を睨《にら》みつけていた。

蘭月を守るように、義姉と蘭月の間に立った漣龍からは、圧倒的な威圧感が放たれていた。

（どうして、ここに）

華月として、後宮の外に出ることは事前に伝えていた。しかし、行き先は告げていない。いつも漣龍の側にいる青海もおらず、たったひとりでここまで来たようだ。

「ど、どなたでしょう?」

目の前に割って入った美丈夫に、義姉は声をかけた。美しい漣龍の姿に、すっかり毒気は抜かれて惚《ほう》けているように見えた。先ほどよりずいぶん声が高い。

「後宮にて、彼女を監督している者だ。彼女に対する誹謗《ひぼう》を撤回してもらおうか」

静かに、しかしきっぱりと漣龍は言う。義姉は、堂々とした漣龍の姿に気圧《けお》されている。

「わ、私は義理の姉であって……身内ですよ。ただの冗談です」

あわあわと、震える声で義姉は弁解を始める。

「この子はずっと昔から卑屈な子で。後宮なんかに行ってもご迷惑をおかけしているんじゃないでしょうか」

「いや、迷惑だと思ったことなど、ひとつもない」

取り付く島もない漣龍に、義姉は作戦を変えたようだ。

「私でよければ、もっとお役に立てますわ」

目をぱちぱちと瞬かせ、上目づかいで漣龍を見つめる。

しなを作りながらすり寄ろうとする義姉に、漣龍はまるで虫けらでも見るかのような視線を向けた。

「先ほどの騒動も見ていた。見ず知らずの者へ暴言を投げかける、そなたのほうがよほど迷惑だろう」

自分の美貌も効かず、先ほどの騒動も見られていたと知り、義姉は分《ぶ》が悪いと判断したのだろう。わなわなと唇を震わせながら後ずさる。

蘭月は後ろに控えていた樹陵に目配せをした。義姉は漣龍の正体を知らないにしても、これ以上の無礼を重ねさせるわけにはいかない。

蘭月の意図をくみ取った樹陵が、義姉を引きずるようにして、その場から立ち退かせる。義姉は最後まで何かを喚《わめ》いていたものの、無事に馬車の中に乗せられて樹陵とともに去っていった。嵐が過ぎ去り、あとには静けさが残る。

「華月、大丈夫か？」

先ほどまでの雰囲気から一転、漣龍は心配そうに眉を下げて蘭月を見つめている。

「私は大丈夫です。どうしてここに？」

「それは、そなたのことが心配で……あ、いや。たまたま通りがかっただけだ」

途端にしどろもどろになる漣龍に、蘭月は首を傾げる。

「もしかして、お忍びの視察ってやつでしょうか？」

「あー、それだそれだ！　そのようなものだな」

蘭月がたずねると、漣龍はこれまでにないほど食い気味で頷いた。

（もう少し変装したほうがよいと思うけど……でも、漣龍さまは市井のことも見てくださる方なのね）

すらりと背が高く、銀の髪を持った漣龍はあまりに目立ちすぎる。

義姉の騒動が一段落し、いったんは散った人だかりが、また大きくなろうとしていた。主に、女性たちからの熱い視線が集まっているのを感じる。

「漣龍さま……ちょっと申しあげにくいのですが、かなり目立ってしまっているようです。こちらへ来てください」

そう言って、蘭月は漣龍を広場から人の少ない路地へ促した。

蘭月の言葉に何かを察した漣龍は、ちらと周りを見てから、静かに蘭月についてきてくれた。人気の少ない路地に入ってから、蘭月は口をひらく。

「先ほどは、お見苦しいところを見せてしまい申し訳ございませんでした」

「いや、そなたを救えたようでよかった」

漣龍は気にしていないようだ。ひとまずほっとしながら、先ほどの漣龍と義姉との会話を思い返す。

おそらく漣龍は、義姉がどこの誰なのかはわかっていないはずだ。そうであれば、華月が蘭月だともぎりぎりバレていないだろう。そう、信じたい。

今になって事態の危うさに気づき、冷や汗が出てきた。自然と顔がこわばる。

「そなたはいつも、あんなことを言われているのか？」

ぐるぐると思考を巡らせていた蘭月に、漣龍が悲しげに問いかけた。

あんなこと、が何を示しているのか理解できなかったが、一拍おいてそれが義姉からの暴言を指しているのだと気づく。自分に対する暴言なら、もうとっくに慣れている。何度言われたかわからない。義姉にとって、蘭月は日々の憂さを晴らす格好の的なのだ。

それでも、漣龍にこんな悲しい表情をさせてしまったことに、胸がぎゅっと締めつけられる。

「私なら大丈夫です。言われ慣れていますから」

安心させようと笑うも、漣龍はそんな蘭月を見てさらに悲しそうな顔をした。

(どうして、漣龍さまが悲しい顔をするの?)

漣龍には何の関係もないことなのに、自分のことのように悲しんでくれる。ただの華月に対しても、こんなに親身になってくれる。

(漣龍さまは、なんてお優しいのだろう)

しみじみと、漣龍の人柄の良さを思う。漣龍にこれ以上の心配をかけたくないと思う一方で、なんと言えば漣龍に安心してもらえるのかがわからなかった。

ふたりは黙ったまま歩みを進める。沈黙のなか、出店がちらほらと立っている区域に差しかかった。

裏路地の出店では、服や装飾品や、食器などといった雑貨が売られている。食べ物を売っている表通りとは違い、ゆったりとした空気が流れていた。そのなかでも、装飾品を売っている店に漣龍の目は引かれたようだった。食い入るように、品物を見つめている。

この国の頂点にいる漣龍なら、どんな物でも手に入るはずだ。逆に何が気になったのだろうと不思議に思い、漣龍に話しかける。

「こういった場所に来られるのは、初めてですか？」

「そうだな。こんな店が並んでいるのを見るのも初めてだ」

漣龍は素直に首肯した。

「色んなお店があるので、見ているだけで楽しめそうですね」

小さな店は、店主の思いが反映されやすい。そのため、同じ衣服を売っていたとしても、置かれている品揃えはまったく違った。

近くの店では日用品を売っているが、その隣では女性向けの装飾品が売られており、そのまた隣では男性用の衣服が売られている。ずらりと品々が広げられている光景は圧巻だ。

漣龍が、装飾品を売っている店の前で立ち止まる。

「お兄さん、お目が高いねぇ！」

すかさず、店の主人であろう男性が漣龍に声をかけた。

「女性用の装飾品をお探しかい？」

男性の言葉に、漣龍は頷く。

(女性用のもの……桃麗さまに送るのかしら?)

桃麗なら、何でも似合うだろう。

おっとりとした桃麗の姿を思い浮かべる。幼なげな容姿だが、それでいて瞳の奥には思慮深い色をたたえている。無邪気さと大人の上品さを併せ持つ桃麗は、まさに最強だ。

漣龍の後ろから、蘭月も並んでいる装飾品をひそかに吟味する。

(なかなか良い品物を扱っているわね)

裏路地の店のなかでも、この店に目をつけた漣龍をさすがと言うべきか。

使っている銀や宝石の輝きは申し分ない。少々他の店より値段は張るが、それでも通常の宝石商から買うよりはずっとお得だ。

桃麗や漣龍の髪と同じ、銀色に光る簪《かんざし》が目に留まった。簪《かんざし》の先には華奢な作りの蝶《ちょう》がとまり、そこからしゃらしゃらと細かい玉が連なって垂れている。

蘭月が目を奪われたのは、先端の蝶《ちょう》がとまっている玉の色合いだった。漣龍の瞳によく似た色をしている。清流のごとき、爽やかな碧《あお》。蒼と翠が混ざり合ったその色は、ずっと見ていたとしても飽きないだろう。

「綺麗」

思わず、ぽつりとつぶやいた。そんな蘭月のつぶやきは、漣龍の耳にも届いていたようだ。

「たしかに、この翡翠《ひすい》は綺麗だな」

ただの独り言が漣龍の耳に届いてしまったのだと思うと、恥ずかしい。

「この簪《かんざし》なら、お嬢ちゃんにぴったりだな！」

漣龍との様子を見守っていた店主が、がははと大きな声で笑った。

「え……?! あ、あの」

どうやら、店主は蓮龍が蘭月のために簪《かんざし》を買いにきたと勘違いしているらしい。

どうやって否定しようかと慌てふためいているうちに、漣龍が口をひらいた。

「そうだな。これはとても似合いそうだ」

「おぉ。やっぱりにいちゃんはお目が高いね！　手に取ってもいいぞ」

途端にいきいきと嬉しそうにする店主。漣龍は簪《かんざし》を手に取り、蘭月の頭の辺りに簪《かんざし》をかざした。

「うん、似合っている」

思ったより至近距離に、漣龍の美しい顔があった。漣龍と目が合う。何より愛おしいとでも言うように、漣龍は優しく蘭月を見つめている。

（贈り物のお相手と見立てて、私を見ているのだわ！）

そう思わなければ、この熱い視線を説明ができない。何も思わないようにしようとしても、あまりの色香に、くらくらしてしまいそうだった。かーっと顔が熱くなる。きっと耳まで真っ赤になっているはずだ。

「よし、これをもらおう」

「はいよ！　よかったな、お嬢ちゃん！」

漣龍の言葉に、店主も嬉しそうに頷いた。

「あ、あの私……」

困惑して声をかけるが、漣龍は嬉しそうに店主から簪《かんざし》を受け取っている。

「桃麗さまへの贈り物、ですよね？」

「……ん？　なぜ桃麗の名前が出てくる」

「漣龍さまが贈り物をする相手が、桃麗さま以外思い浮かばなくって」

声がどんどん尻すぼみになっていく。今思えば、桃麗だけでなく、他の女性にあげるという選択肢だってあった。

「私は、そなたに渡そうと思って選んでいたのだ」

「え？」

思わぬ告白に、蘭月の心臓は今にも止まりそうだった。

「どういう……ことですか」

「私には、こうすることでしか、励ます術を持っていない」

悲痛な面持ちで、漣龍は告げる。

「そなたはずっと、耐えてきたのだろう。誰かの心ない言葉に」

乞い願うような声に、蘭月は泣きたくなった。

「──私は、そなたのことを美しいと思う」

漣龍のひと言ひと言が蘭月の心に染み渡っていく。

「そなたの凛《りん》とした姿を、美しいと思う。外見ももちろん美しいが、そなたの心の美しさこそが、そなた自身を美しくさせているのだと私は思う」

誰かから、そんな言葉を言ってもらいたかった。ずっと、誰かから認めてもらいたかった。漣龍の言葉が優しく、蘭月の古傷たちに降り注ぐ。

「そなたが綺麗だと言ったこの翡翠《ひすい》の簪《かんざし》よりずっとずっと、そなたは美しい。そんなそなたを、私は守りたいのだ」

「漣龍さま……」

言葉が出なかった。漣龍の視線に囚《とら》われる。逃げられない。漣龍ほどの人が、蘭月のことを認めてくれる。これ以上の幸せはないのではないか。

そっと手が握られて、簪《かんざし》が手のひらに収まる。この日のことを、ずっと忘れはしないと、蘭月は簪《かんざし》に誓った。

第三章　好きな自分になるために

簪《かんざし》を眺めながら、蘭月は先日のことを思い返していた。目の前にある鏡には、悩ましげな表情の蘭月が映っている。

後宮へ帰ってきてから、頭に浮かぶのは漣龍のことばかりだった。蘭月がかけられた言葉に、自分以上に傷つく漣龍の表情が忘れられない。

幼い頃から、痣《あざ》についてずっと言われてきた。自分の持つ痣《あざ》が嫌いで、忌まわしくてたまらなかった。醜い自分なのだから、遠ざけられるのも当然だと、受けいれていた。その呪いを、漣龍が解き放ってくれた。

(喬琳のためなら怒れるのに、自分のことになるとてんで駄目ね)

手のひらにおさまっている簪《かんざし》を光にかざして苦笑する。きらきらと光輝くそれは、幸せな時間が終わっても、蘭月に希望を与えてくれる。

「蘭月さま、帰ってからずっと簪《かんざし》ばっかり眺めてますよ？」

喬琳から声をかけられ、蘭月はどきりとする。

「そ、そんなにずっと見ているかしら」

言われてみれば、なんだか落ち着かなくて、合間に簪《かんざし》を見ていたような気もする。

「それって、誰かからの贈りものですよね？」

蘭月のすぐ後ろに立った喬琳が、秘め事のように囁《ささや》く。

「なっ⁈」

びくりと肩を震わせると、喬琳はからからと笑った。

「どうやら当たりですね」

顔が熱を帯びるのを感じる。そんな蘭月を喬琳はどこか嬉しそうに見つめた。

喬琳には、兄に会うために城下に降りたことや、虎眼族と楊家との取引に関しては伝えてある。だが、華月として城下を出た手前、漣龍に出会ったことは伝えていなかった。

「人にはひとつやふたつ、隠し事があるものですよ。秘め事があってこそ、女性は美しくなる……なんて言いますしね。蘭月さまが話してくださるまで、私は待っております」

「ありがとう。喬琳」

白妃に縛られる必要がなくなった喬琳は、どこか吹っ切れたように明るくなった。無表情が標準装備だったが、何を考えているかわかりやすくなった。これが元の喬琳なのだろう。たったひとりの侍女として、喬琳ともっと信頼を築いていきたいと思う。

喬琳にはまだ伝えられていないことがたくさんある。自分の痣《あざ》のこと、華月のこと、そして白沢のこと。まずは素顔《すっぴん》を見せられるようになりたい。喬琳は蘭月に信頼をおいて、身の上を話してくれたのだ。その信頼に蘭月も応えられるようになりたい。

「いいえ、礼には及びません」

にこり、と喬琳は微笑んだ。

「そうだ。桃麗さまからこちらの書状が届いておりました」

喬琳から差し出されたのは、手紙だった。中をひらくと、ふんわりと桃のような香りがする。

「お茶会のお誘いだわ」

桃麗が自分で書いたのだろうか。柔らかな字で、桃麗が主催するお茶会であることや、後宮妃の皆さんの話をぜひ聞きたい、と書いてある。

桃麗にはいつかもう一度会いたいと思っていた。こんなにすぐに、それが叶うとは。

「桃麗さまが主催するお茶会は、久しぶりですね」

「もちろん、白妃さまもいらっしゃるのよね？」

最後に会ったときは、つい喧嘩《けんか》のようなかたちになってしまった。その後、白妃は漣龍の側近である青海に、蘭月を罰するように申し立てしている。まさか桃麗の眼前で何かしてくることはないだろうが、警戒しておいて損はない。

「さて、今回はどんな装いにしようかしら」

自分を飾ることは、自分を守ることにも繋《つな》がる。見せたい自分を演じるのだ。

「蘭月さま、こちらのお召し物はいかがでしょうか」

早速喬琳が持ってきたのは、黒、赤、青――どぎつい色ばかり。蘭月にはこんな色が似合うと思っているのだ。あまりに強い色ばかりで、逆に面白くなる。

（いや、いっそのことご希望に応えてみるのも面白いかしら）

「そうねぇ。紫紺はあるかしら」

派手すぎず、それでいて蘭月らしさも出したい。

「こちらはいかがでしょう？」

喬琳が差し出したのは、蘭月が指定した紫紺色の襦裙《じゅくん》だった。光沢のある桔梗《ききょう》色の生地には、まるで空に浮かぶ星のような細かい金色の刺繍《ししゅう》がちりばめられている。袖には藤色の薄紗が幾重にも重なって、ふんわりと広がっていた。

蘭月は口元に笑みを浮かべる。華やかさと上品さを兼ね備えているだけでなく、女性らしい柔らかさも、この装いから表現することができるだろう。

「よし、これにするわ」

蘭月の頭のなかには、当日の装いについての妄想が広がっていく。

髪型と装飾品はどんな感じにしようか。袖に膨らみがあるから、髪型はすっきりさせて、紫水晶がはめこまれた銀の簪《かんざし》をつけよう。色合いがいつもより落ち着いているので、化粧も落ち着かせて、大人っぽい上品な雰囲気にしてもいいかもしれない。

（考えていると、楽しくなってくるわね）

こうしてお洒落について考えていると、当日の不安なんて吹き飛んでしまいそうだ。

「さて、次は喬琳の衣装ね」

主人の着る服が決まったら、次は侍女である喬琳の衣装だ。主人と侍女が調和した出で立ちでなければ、後宮妃としての感性《センス》が問われるというものだ。

白妃の呪縛から解き放たれた喬琳の、初お目見えになる。しっかりと喬琳の魅力を見せつけたいところだ。鏡の向こうの喬琳が、緊張した面持ちで蘭月を見つめている。

（藤色で合わせるのが無難かしら）

桔梗《ききょう》色と藤色、同系統の色でまとめる。この組み合わせがもっとも無難だろう。

（でも、それじゃあ普通すぎるわよね）

せっかくの舞台だ。蘭月だけでなく喬琳にも楽しんでもらいたい。その時、ぴんと閃《ひらめ》くものがあった。

「紅梅色の衣装を準備してちょうだい」

「紅梅色ですか⁈」

喬琳が驚きの声を出した。

「それでは、蘭月さまより派手になってしまいますが……」

「それでいいの。あとは私の装飾品で何とかするわ。もしできれば、私の襦裙《じゅくん》と似た形状のものを探してちょうだい」

「かしこまりました」

紅梅色と桔梗《ききょう》色。華やかなふたつの色が合わさったところを頭のなかで思い描く。

喬琳には紅梅色のひらひらとした襦裙《じゅくん》を。そこから引き算をして、蘭月自身はすっきりと魅せる。簡素だが高価な――価値のある宝石を身につけることで、洗練された装いに見せたい。それができるかどうかは、蘭月の手腕にかかっている。頭のなかには、すでに当日の化粧《メイク》も浮かんでいた。


そして、お茶会当日。蘭月は鏡の前で最後の仕上げにかかっていた。今日はお茶会に合わせて、上品さを意識して顔を彩っている。目元は繊細な金色。そして、口紅はもちろん『紅蘭華』だ。夜の闇に浮かぶ蘭のような神秘的な色――『夜蘭紫《やらんし》』という色を使った。深い色合いの『夜蘭紫《やらんし》』は、今日のように特別な日に輝く色だ。気品と威厳を兼ね備えながらも、どこか儚《はかな》げで美しい。紫の襦裙《じゅくん》にぴったりの色合いだ。

黒髪を低めにきっちりとまとめ、枝葉を模した銀の髪留めで飾る。遠いどこかにある、蓬莱という国。その国にあるという伝説上の木枝を模したものである。

銀の枝に、真珠の実がたわわに実っている。銀と乳白色。ふたつしか色がないからこそ、細工の巧みさが伝わる。繊細で上品なこの髪飾りを、蘭月は気に入っていた。合わせて、漣龍からもらった翡翠《ひすい》の簪《かんざし》をそっと髪に挿した。太陽の光にあたって、漣龍の瞳と同じ色をした玉がきらきらと輝く。

「よし、行きましょうか」

身支度を整えた蘭月は、喬琳を誘って雅風宮を出た。

緊張のためか喬琳の表情は固い。それでも、蘭月が用意させた紅梅色の衣装はとてもよく似合っていた。

(完璧だわ)

ひとり心のなかでつぶやく。この衣装を用意できただけで、このお茶会に参加した意味があったのではないかとさえ思った。

桃麗に呼び出されたのは、後宮を出た先——白巌宮《はくごんきゅう》。

白巌宮は皇帝の親族が住まう宮だが、今は桃麗ひとりが住んでいる。皇宮のなかでも、静かな外れのほうにある。桃麗の計らいで、輿《こし》が用意されていた。

輿《こし》に揺られながら、後宮を眺めていると、あっという間に白巌宮が見えてくる。門前には、出迎えの侍女や門卒がずらりと並び、来客を出迎えている。

白巌宮という名前に合わせたのか、侍女も門卒も揃いの純白の衣装に身を包んでいる。白は汚れやすい色のため、庶民が好んで着ることはない。白を身につけるということは、もし汚れたとしても替えが利くこと——すなわち、財力の証明でもある。

一揃いの衣装で出迎えた侍女たちは、腰を折って蘭月に挨拶をした。輿《こし》を降りた蘭月は、にこやかな笑顔でそれに応じた。

白厳宮に一歩足を踏みいれる。蘭月は誰にも知られないよう、小さく息を吐いた。少しばかり、緊張しているようだ。

「桃麗さまは後ほどいらっしゃいます」

静かに告げた侍女に、蘭月は頷く。蘭月たち後宮妃を招いたのは、桃麗だ。しかし、只人《ただびと》である蘭月たちと龍の血を引く桃麗とでは、身分の差がありすぎる。主催者は桃麗だが、もてなされる側でもある。客である蘭月を出迎えないという選択肢を取るのは、ある意味当たり前のことだった。

先導に従い、蘭月たちはしずしずと歩みを進める。ずらりと壁に沿うように並ぶ侍女の数に、蘭月は舌を巻いた。ざっと五十人はくだらないだろうか。これほどの人材を手元に留めておけるぐらいだ。力だけではなく、徳も併せ持っているということだろう。

桃麗の人柄が垣間見える。

白を基調とした歩廊には、一目で貴重な品とわかる調度品が置かれていた。白磁の壺に、螺鈿《らでん》の棚。龍をかたどるものが多いのは、皇帝の親族が暮らしてきた白巌宮ならではと言える。

「こちらでお待ちください」

そう言って侍女は、応接間を指し示した。まだ誰も訪れていない応接間は、しんと静まっている。部屋の中央には大振りの壺が置かれており、そこにはさまざまな花が生けられていた。それを囲むように置かれている椅子は五つ。主催の桃麗のものであろう椅子は、ひときわ豪奢《ごうしゃ》であり、木彫りの龍が施されている。

「もう少々お待ちください」

その言葉に小さく礼を返し、蘭月は椅子のひとつに腰かけた。目を閉じて、静かな空間で白妃たちを待つ。蘭月が思ったよりも早く、白妃たちは現れた。

「白妃さまがお越しになりました」

白妃たちの訪れを知らせる声に、蘭月は瞳をあけた。豊かな黒髪に、やや赤みがかった茶色の瞳が、勝気な印象を与えている。艶のある肌はまるで新雪のように白い。髪に挿しているのは、飾り物ではない生の薔薇《ばら》だった。繻子《サテン》の生地を使った繻子《スカート》は、やや黄みがかった白で、薔薇《ばら》の紅と白とが互いに引き立て合っている。蘭月が驚いたのは、白妃の体形であった。

（少し、ふくよかになったかしら？）

見事な襦裙《じゅくん》は、前に合わせた生地が伸びてぱつぱつだ。合わない襦裙《じゅくん》を無理に着てきた、という状況だとわかる。元が細かったため、少しの体重変動で着られなくなってしまったのだろう。

入ってきた瞬間、白妃はぎろりと蘭月を睨《にら》みつける。

「白妃さま、お久しぶりでございます」

立ちあがり、白妃に向けて礼をする。白妃は目を細めて蘭月を見つめた。

「あなたも桃麗さまに呼ばれていたのね」

「はい。白妃さまとご一緒できて光栄です」

「さぁ、どうかしら」

白妃はせせら笑う。白妃の取り巻きたちも、白妃に合わせてくすくすと笑った。白妃は蘭月に挨拶をしないまま、どかりと椅子に座った。椅子が、ぎしりと悲鳴のような音を立てる。緑の襦裙《じゅくん》を着た取り巻きその一と、黄色の襦裙《じゅくん》を着た取り巻きその二が、白妃を挟む形で座る。

「皆さま、お揃いになりましたね」

四人の後宮妃たちが椅子に座ると、桃麗の侍女がいつの間にか現れて言った。

「そろそろ、我が主もお越しになります。もう少々お待ちくださいませ」

侍女がいなくなると、ひとときの静寂が訪れる。その静寂を破って、どおんと銅《ど》鑼《ら》の音が響いた。心臓にまで届くような音に、思わず背筋が伸びる。

銅鑼《どら》の残響が消えると、代わりに訪れたのは深い静寂だった。白妃とその取り巻きは、表情を固くして扉のほうを見つめる。蘭月たちが黙してすぐに、足音は近づいてきた。

「桃麗さまのご到着でございます」

よく通る声が桃麗の到着を告げ、蘭月は作法に則り拝礼の形をとる。頭を下げた蘭月の目の前を、真白の襦裙《じゅくん》が通り過ぎていった。通り過ぎ様に白檀《びゃくだん》が香る。

「顔をあげてください」

高く澄んだその声は、まるで鳥が歌うような調子だった。頭をあげた蘭月は、桃麗の容姿に目を奪われる。

（着飾った桃麗さまもお美しい）

白銀の髪は、ゆるく編みおろされ、差し込んだ陽《ひ》によって光り輝いている。漣龍によく似た色を宿すたれ目がちの瞳は、ぱっちりと大きくおっとりとした印象を与える。滑らかな肌に、桃色に染まる頬。小さな桃色の唇は、まるで熟れた果実のように瑞々しい。以前冷宮の前で会ったときも美しかったが、着飾った桃麗は格別の美しさだった。

「皆さま、ようこそお越しくださいました。お会いできて光栄ですわ」

桃麗はそう言って、花のような微笑みを浮かべた。耳元で、瞳と同じ色の石が付いた耳飾りが揺れる。

「今日は、皆さまとお話がしたくてお呼びしましたの。だから、あまりかしこまらないでちょうだいね」

うふふ、と桃麗は無邪気に笑う。

「桃麗さまにおかれましては、ご機嫌麗しゅう存じます」

一番先に言葉を切ったのは、白妃だった。桃麗に向けて、きっちりと挨拶をする様子は、先ほどまで蘭月を嘲《あざわら》笑っていたのと同一人物だとは思えない。現在この後宮で唯一の位《くらい》を持つ白妃としても、桃麗の機嫌をうかがうのは当然だろう。皇后がいない今、桃麗は漣龍にもっとも近い女性と言っても過言ではない。

「ありがとう。香苺さまも、お元気そうで」

桃麗は白妃を見つめて、頷いた。白妃を皮切りに、その他の三人も各々の自己紹介も兼ねて挨拶をしていく。

白妃も蘭月も、後宮内でさまざまな噂《うわさ》が飛び交っているはずだ。それなのに、桃麗は胸中を一切見せない完璧な微笑みを浮かべている。

もし、桃麗が漣龍と血の繋《つな》がりのない、ただの後宮妃であったとしても、後宮内を掌握していただろう。桃麗の振る舞いは、それに見合った人格を示していた。

「皆さまに、召し上がっていただきたいものがありますの」

一通りの挨拶が済むと、桃麗はそう言って手を叩いた。桃麗の侍女たちがきびきびと動き、蘭月たちの目の前にあたたかなお茶とお茶請けを差し出す。

「こちらは、香苺さまよりいただいたものです」

桃麗の紹介に、白妃は得意げな顔をして、その品がどんなに素晴らしいかを語り出す。

「わたくしの実家である桂家の伝手《つて》で手にいれた、なかなか手に入り難い品なのです」

白妃が自慢する通り、たしかにいい香りが漂ってくる。一口飲むと、口の中にほのかな甘みが伝わった。苦みや渋みのない、すっきりとした良いお茶だ。白妃はこの茶会に向け、いろいろと策を練ってきたのだろう。取り巻きたちは口々に白妃を褒めたたえ、桃麗もそれに同調するように頷いた。

「蘭月さまのご実家は、商家でしたよね？」

桃麗の視線がすっと蘭月に向いた。大きな瞳がじっと蘭月を見つめる。

「蘭月さまのご実家でも、こういった茶葉などを扱っておりますの？」

「はい。さまざまな茶葉を売り買いしておりますので、桃麗さまのお気に召すものがございましたら、お持ちいたします」

「あら、それは嬉しいわ」

「桃麗さまのお役に立てるのなら、私も幸甚でございます」

桃麗がにこりと笑みを浮かべた。


しばし穏やかな歓談が続いた。後宮にまつわる話だけでなく、桃麗は後宮の外の話を聞きたがった。身分ゆえに、なかなか外に出ることが叶わないのだろう。桃麗は聞き上手で、いろいろな話をしてしまいたくなる。頃合いを見て、蘭月は口をひらいた。

「ところで、私が桃麗さまにご用意したものをお持ちしてもよいでしょうか」

「何かしら？」

桃麗が嬉しそうに顔を輝かせる。蘭月は側に控えていた喬琳から、『月蘭紗』を受け取り、桃麗に見せた。

「これは？」

桃麗が首を傾げる。

「私が考えた化粧品です。桃麗さまのお肌はすでにお綺麗ですが、これを上からはたくことで、さらに自然な輝きと透明感を与えてくれるはずです」

蘭月は手にしていた『月蘭紗』の蓋《ふた》をあけた。ころんと丸い陶器の中に、白粉《おしろい》と化粧用の筆が入っている。『月蘭紗』の魅力を引き立てるため、この筆も厳選して選び抜いたものだ。筆に少し白粉《おしろい》をとって、手の甲にのせる。白浮きすることなく、肌が明るくなる。蘭月が手を軽く動かすと、細かな光の粒がきらきらと光って見えた。

「これは……！　今は手に入らない『美蘭堂』の、『月蘭紗』?!」

白妃の取り巻きが、驚きの声をあげた。『美蘭堂』の商品を知ってくれていたらしい。

「そうです。今は販売を中止しているのですが、特別にご用意しました」

「桃麗さまに、平民と同じものをお渡しするなんて、失礼にも程があるわ」

蘭月の説明に、食ってかかったのは白妃だった。燃えるような瞳で、蘭月を睨《にら》みつける。

「桃麗さまのような高貴な方にも使っていただけるように、品質にはこだわって作っておりますので、ご安心を」

「蘭月さまは、化粧品にお詳しいのね」

桃麗は興味津々といった様子で、蘭月の手に収まる『月蘭紗』を見つめている。蘭月は桃麗へ向けて微笑んだ。

（よし、桃麗さまに興味を持っていただけたら、今回は成功だわ）

心のなかで、歓喜の声をあげる。

「ぜひ、お使いになってください。たくさんの化粧品を扱っておりましたので、気に入っていただけましたら、他にもお持ちします」

「ありがとう。ぜひ使ってみるわね」

桃麗は白巌宮の主。世間を知らぬ深窓の姫君だ。

この世のほとんどのものを手にいれられる彼女に贈るものは何か。思案を巡らせ、最終的に選んだのが、自慢の『美蘭堂』の商品だった。

桃麗も一度使ったら気に入るという自信があった。そして、桃麗が『美蘭堂』の商品を気に入ってくれたら、『美蘭堂』の知名度があがり、奪還もより早まるだろうという打算も少し。桃麗の反応にほっと胸をなでおろしたとき、ぶちぶち、とどこからか何かが裂けるような音が聞こえた。

はっとして音のほうを見ると、そこには不自然に固まった白妃の姿がある。少し離れた几《つくえ》の上にあるお茶請けの月餅《げっぺい》に手を伸ばそうとしていた。

(何の音かしら？)

白妃の体勢に疑問を覚えた蘭月は、さりげなく白妃を観察する。そして白妃の二の腕と脇にかけて、単衣が白妃の体形に耐えられず、破れているのに気づいた。

このまま談笑が続けば、きっと隠しきれるだろう。他の三人はまだ気づいていないようだったが、白妃の表情は固い。

自分の身に起こった出来事が信じられないという絶望的な顔だった。先ほどまで自信満々だっただけに、白妃自身が相当の衝撃を受けていることは、容易に想像できた。

（いちかばちか――）

蘭月は、空になった杯を床に落とした。幸い杯は割れず、かんかんと乾いた音を立てて白妃の足元に転がる。蘭月はさっと立ちあがり、白妃の元へ向かった。

「大変申し訳ございません、桃麗さま。白妃さま」

桃麗に向かって深く礼をする。

「このような席で、粗相をしてしまいました」

「大丈夫？　怪我はないかしら」

桃麗は心配そうにたずねる。

「ありがとうございます。ですが、白妃さまのお召し物に汚れをつけてしまいました」

「ちょ、ちょっと！」

口を挟もうとする白妃に、黙っていてと目線で告げる。

「白妃さま、本当に申し訳ございません。何とお詫《わ》びしたらよいのか。お詫《わ》びとして、お召し替えをご用意させていただけますでしょうか」

「あなた、これ以上何をしようって――」

白妃の答えを聞く前に、にっこり微笑んで腕を掴《つか》む。

「少々、お席を外してもよろしいでしょうか。桃麗さま」

桃麗は困惑した表情で、蘭月と香苺を交互に見やった。

「そうね。今日はここでおひらきといたしましょうか」

桃麗の言葉に、茶会はおひらきとなる。蘭月は微笑みを絶やさぬまま、白妃とともに桃麗の前を辞した。蘭月は行き先も告げず、白妃を引きずるようにして歩く。

「ちょっと、どこに連れていくのよ！」

「蘭月さま、こちらへ」

喬琳が声をかけた。真っ先に用意させていた輿《こし》が到着したようだ。蘭月はほっとひと息つく。これで、もう大丈夫だ。

「ありがとう、喬琳。さぁ、白妃さま。どうぞお乗りになって」

「は？　わたくしがなんであなたなんかに！」

「あまり動かないほうがよろしいかと」

白妃の耳元で囁《ささや》いた。

「な、なんなの?!」

顔色を変えた白妃は、驚いた表情で蘭月を見つめた。

「悪いようにはいたしません」

白妃の顔をじっと見つめ、蘭月は言った。白妃は大きな瞳を不安そうに揺らしていたが、やがて観念したように頷いた。

「仕方がないわね。ここは従いましょう」

「ありがとうございます」

白妃を先に乗せて、蘭月は後ろを振り返る。あれだけすり寄っていた白妃の取り巻きたちの姿はない。面倒事に巻き込まれる前に逃げたのだろう。

良い時は利用して、悪い時には見捨てる。それが後宮妃というものだと知っていながら、蘭月の胸中は複雑だった。

気を取り直して、白妃のいる輿《こし》の中に乗り込むと、白妃はぷいと顔を背けている。ご機嫌は斜めのようだった。輿《こし》の中には白妃と蘭月のみ。気を張る必要もない。

「蘭月さまは、気づいたのね？」

顔を背けながら、白妃は静かに言った。蘭月は答えない。見た、と答えるのは簡単だ。しかし、白妃の性格を考えると、醜態を誰かに――しかも蘭月に見られたと知れば嫌な思いをするのだろう。ここであえて真実を告げる必要はない。

「何のことでしょう。私は、白妃さまとお話しがしたいと思っただけです」

「なんのつもり？　情けでもかけているの？　あなたも、内心では笑っているんでしょう。こんなぶくぶく太ったわたくしのことを！」

白妃は吐き捨てるように言った。声は悲痛な色を帯びている。

「そうよ、嫌がらせをしているのはあなたなんでしょう⁈　毎日毎日、飽きもせず！　もううんざりなのよ！」

「――お言葉ですが、香苺さま。嫌がらせとは何のことでしょう？」

「しらばっくれないで！」

白妃はぴしゃりと言い放つ。そして鋭い瞳で蘭月を睨《にら》みつけた。

「あなたでしょう！　鼠《ねずみ》や鳥の死骸を庭に投げ込んだり、呪符の類を送ってきたり。わたくしが何をしたって言うの⁈　たしかに、邪気払いの宴のことも、お茶会でのことも謝る、謝るわ。だから、もう許して……許してちょうだい。お願いよ」

白妃の声は尻すぼみになっていき、そして最後には涙声になった。相当参っているのだろう。よく見ると白妃の目の下には大きな隈《くま》ができており、ぷくりと膨れた顔は、体重が増えたというよりも浮腫《むく》んでいると言ったほうが正しく思えた。

「香苺さま」

うなだれた白妃は、蘭月の声にぴくりと反応した。

「私が疑われていることは承知しました。私のほかに、何か心あたりのある者はおりますか？」

「……この後宮の妃、全員。心あたりがありすぎて、調べようにもどうしようもないわ」

「では、私がお手伝いいたします」

白妃の瞳をじっと見つめて、蘭月は言った。

「私は決して、そのような姑息な手を使って香苺さまを害そうとすることはいたしません。ですが、言葉だけで信じていただけるとも思いません。ですから、香苺さまの代わりに、犯人探しをさせていただいてもよろしいでしょうか？」

「あ、あなた何を言っているの。この後宮で、敵に塩を送るような真似《まね》をする妃がいるものですか」

「陰湿な嫌がらせをする人間だと思われたくありませんから。それで私への疑いが晴れるなら、安いものです」

蘭月はきっぱりと言い切った。

「あなた、本当にそれでいいの？」

疑念の残る瞳で、白妃は蘭月に問う。

「はい」

蘭月は強く頷く。

「そこまで言うなら仕方ないわ。今は休戦といたしましょう。……頼りになるところ、見せてちょうだい」

そう言って、白妃は弱々しく笑った。

＊＊＊

そして次の日、蘭月はさっそく白妃の宮――菊花宮を訪れていた。

初秋も近づくこの季節、菊花宮にはどこか陰鬱な雰囲気が漂っていた。侍女の数も多く、手入れは行き届いている。皆テキパキと動いているが、どこか顔色が暗い。それは、白妃が言っていた嫌がらせが原因のひとつとなっているのかもしれない。

白妃とは一時休戦中だが、そうは言っても、侍女のなかには蘭月のことを受けいれられない者も多いのだろう。蘭月に刺さる視線はだいたいが冷たいものだった。

何か手掛かりがないだろうかと、蘭月は注意深く辺りを見渡しながら進む。しかし、特段変わったところもなく、蘭月はすんなりと白妃と対面した。

「こんな宮によく来たわね」

開口一番、白妃はそう言った。前の日より一段と疲れ切った表情をしている。

「体調はいかがですか？」

「最悪よ。昨日もいろいろと考えていたら眠れなくなったわ」

唇を突き出して、白妃は不満気に言う。これまで白妃に感じていた勢いはほとんどない。桃麗とのお茶会で見せた威勢は、不安な日々を過ごすなかで、白妃なりに気を張っていたものなのだろう。これまで白妃にされてきたことを許すわけではないが、白妃に同情しないと言ったら嘘《うそ》になる。

「幸い、昨日は何もなかった。ただ、それが不気味なのよ」

自らの身体を抱いて、白妃は声を震わせた。

「何日も続くこともあれば、突然止むこともある。わたくしに強い執念を抱いているようにも見えれば、ただ戯れに遊んでいるようにも思える。相手にとっては、蜘蛛《くも》の巣にかかって、もがく蝶《ちょう》を見ているような気持ちなのかもしれないわ」

諦めをにじませて白妃は言った。ため息は重い。

「この後宮では、そうやって色んな後宮妃が死んできた。わたくしも、そうなるのかもしれない」

「そんなことは、させたくありません」

「あなたって、本当にお人好しね」

呆れた声で白妃は言う。ただ、その声はいつもの嘲《あざけ》るようなものではなく、信じられない、という純粋な疑問に聞こえた。

「わたくしだって、死にたくない。でも、この後宮はそんな生易しい場所じゃないわ。あなた知ってる？　美夕《めいせき》さまのこと」

「美夕さま？」

蘭月はたずねる。その名前は初めて聞いた。それなのに、なぜか懐かしさを覚えた。これまで何度も呼ばれてきたような。

「知らないのね。無理もないわ」

蘭月の表情を見て、白妃は言った。そして、手を叩いてお茶と菓子を持ってくるように侍女に言った。

「お茶でも飲みながら、少し昔話をしましょうか」

白妃と蘭月の手元に、桃麗にも出した白妃自慢のお茶と、大きな月餅《げっぺい》が用意される。

お茶で喉を潤した白妃は、口をひらいた。

「わたくしの叔母は、以前後宮妃として仕えていたの。その当時も、我が桂家は強い権力を持っていて、叔母も家の者もみんな、叔母が皇后になるのだと信じて疑わなかった。そんな日々が続いていたある日、美夕さまが後宮入りされたの。美夕さまは、あなたと同じ商家の娘だった。後ろ盾の弱い、下位の後宮妃。それなのに彼女は、陛下の心を射止めた」

「漣龍さまの？」

蘭月は驚きの声をあげた。今や、この後宮に寄りつかない孤高の皇帝――漣龍。彼が誰かと寄り添っているところが、想像できない。

けれど、漣龍は華月にさえ優しい人だ。きっと、愛した人には一途に尽くすのだろう。そう考えて、なぜか蘭月の胸にちりりと焼けるような痛みが走った。

痛みには気づかないふりをして、蘭月は白妃の話を促す。

「今の漣龍さまからは、想像ができないでしょう？　陛下と美夕さまが寄り添う姿は、まるで絵のように美しかったと、叔母さまは言っていたわ。陛下は、美夕さま以外に目もくれず、彼女は番《つがい》になることが決まったそうよ」

「美夕さまは、どこに？」

この後宮に、美夕という後宮妃はいない。

「美夕さまは、晴れて番《つがい》になるその日に、亡くなったの」

白妃の言葉に、蘭月は言葉を失った。しばし静寂が訪れる。蘭月の心臓は、なぜかどくどくとうるさい音を立てていた。

「どうして、亡くなったのですか」

たずねた蘭月の声は、震えていた。

「誰かに、殺されたそうよ」

白妃は薄暗い笑みを浮かべた。唇の端に笑みをのせて、白妃はただ蘭月を見つめている。

「急病と伝えられたわ。けれど、前の日まで美夕さまの体調に異常はなかったと、侍医から報告されていたそうよ。美夕さまは、誰かに殺された。わたくしの叔母も、そう考えていたらしいわ。陛下は、美夕さま以外には目もくれず、ただ美夕さまを一途に愛した。愛し、愛された美夕さまの姿は、他の後宮妃たちからはどう見えていたのでしょうね。憧れを抱く妃がいる一方で、強い嫉妬に駆られた妃がいてもおかしくない」

「その後、陛下は？」

「大層悲しまれた。美夕さまを失ったあと、叔母のいるうちには、後宮に二度と足を踏みいれなかったと聞いたわ。美夕さまの存在は、陛下にとって何事にも代えがたいものだったのでしょうね」

蘭月の脳裏に、漣龍の姿が思い浮かぶ。

美しい銀の髪をなびかせて、侍女である華月のことさえも慮《おもんぱか》る優しい人。そんな漣龍が、全力で愛した人を失ったのだ。彼の悲しみ、苦しみはどれほどのものだったのだろうか。これまで誰かを愛したことがない蘭月には、漣龍の苦しみは想像するに余りある。

「犯人は、見つかったのですか？」

せめて、と縋《すが》るような気持ちで蘭月は問う。白妃は、黙ったまま首を横に振った。

「見つからなかったわ。後宮内は大騒ぎ。美夕さまと関係のあった妃が疑われ、騙《だま》し合い、罪の擦り合いが始まった。そのことを悲しまれた陛下は、妃の多くを後宮からお返しになったわ。そして残った妃たちには、美夕さまについて語ることを禁じた。今となっては美夕さまを知る人はほとんどいないでしょうね」

漣龍に愛されるほどだ。美しく、そして志も立派な方だったのだろうと蘭月は思う。そんな人が生きていたことさえも、後宮から消されてしまった。彼女の名誉を守るためとはいえ、漣龍にとって苦渋の決断だったことは想像に難くない。

「そんなところなのよ、後宮《ここ》は」

諦めに似た声音で、白妃はつぶやいた。

「誰がわたくしを狙っているのかわからない。誰が味方で、誰が敵なのかもわからない。もしわたくしが死んだとしても、陛下は悲しんでくださらない」

蘭月はただ押し黙る。漣龍が後宮に寄りつかない理由は、誰かをまた危険に晒《さら》さないためなのではないかと思った。しかし、それは後宮妃を守るための策としては良くとも、後宮妃たち自身の矜恃を折ることにもなりかねない。

いつか皇后となる日がくるのではないかと、期待に胸を膨らませている妃たちにとっては、それがどれほど残酷なことか。

「わたくしは、死にたくない。まだ、死ねないの」

口を切って、白妃は蘭月をじっと見つめた。

「だから、お願いよ。蘭月さま」

「もちろんです」

蘭月は力強く頷く。

「香苺さまのためにも、漣龍さまのためにも。私にできることはするつもりです」

「お礼はまだ言わないわ。さ、真面目な話をしたらお腹が空いてきちゃったわ。食べましょ」

白妃はそう言って、お茶とともに侍女が持ってきた月餅《げっぺい》を手で鷲掴《わしづか》みにした。蘭月が声をあげる間もなく、大きな口で齧《かじ》りつく。

「し、香苺さま……?」

困惑して声をかけるも、白妃の食べる速度は落ちることなく、瞬く間に皿にあった月餅《げっぺい》はなくなってしまった。

「香苺さま。こんな量を一気に食べてしまうなんて、お身体に悪いですよ」

「だって、甘いものって美味《おい》しいでしょう。いらないならわたくしが食べるわよ」

だからといって、この量をこんな速さで食べるなんて、限度というものがある。これで、白妃の体形が変わってしまった理由がわかった。

蘭月の分にまで手を伸ばそうとした白妃の手を、すんでのところで押さえる。

「香苺さま」

ぎろり、と白妃が蘭月を睨《にら》む。

「なによ」

「さすがに、食べすぎです」

「いいじゃない、わたくしが用意したものなんだから」

「そういうことじゃありません！」

大きい声を出した蘭月に、白妃はぴくりと身体を震わせる。

「どんなに美味《おい》しくても、限度があります。香苺さまは食べすぎです！」

「だって……食べているときは、食べているときだけは、幸せな気持ちになれるんですもの」

しゅん、と白妃は肩を落とした。

「たしかに、食べることは大事です。ですが、食べることに囚《とら》われてしまっては、元も子もありません」

「じゃあ、どうすればいいのよ」

白妃はぷくりと唇を尖らせる。

「ひとつめは、心の憂いを取り去ること。これは私がなんとかいたします」

指を立てて、蘭月は言った。

まずは、食欲が暴走する原因を取り除くことが先決だ。ここは、蘭月自身が必ずや解決すると心に決める。

「ふたつめは、食欲とうまく向き合うことです」

「向き合う？」

「心が疲れているときに甘いものが食べたくなったり、食欲が増えるのは人間として当たり前のことです」

食べることは、生きることだ。心が辛いときには、食べることで少しでも失った幸せを取り戻そうとする。それ自体は悪いことではない。

「大切なのは、自分を責めないことです。白妃さまは、食べたあとに自分を心のなかで責めていませんか？」

白妃がぎくりとする。

「食べてるときは幸せだわ。でも、あなたの言う通り、食べたあとは罪悪感に駆られるの」

「せっかく食べるなら、美味《おい》しく食べましょう！」

幸せな時間は幸せなままに。罪悪感を抱く時間は少なく。白妃が少しでも、心身ともに健康でいられるように願って、蘭月は口をひらく。

「私でよければ、食事に関しても助言させていただけませんか？」

蘭月の言葉にうろうろと視線を彷徨《さまよ》わせていた白妃だが、蘭月の目の前にある月餅《げっぺい》を見つめて、観念したかのように頷いた。

「わかったわ、もうこの際全部あなたに任せるわ」

＊＊＊

白妃の侍女――朱明《しゅめい》から渡された帳簿を見ながら、蘭月は頭を抱えた。

朱明は、白妃が実家から連れてきた筆頭侍女である。髪をきっちりとひとつにまとめた彼女からは、真面目な雰囲気が伝わってくる。

「ありがとう。だいたいわかったわ」

白妃の食事改善計画のため、蘭月がまずしたことは、今の白妃の状況を把握することだった。帳簿には、白妃が食べたものが細かに記載されている。

後宮妃はみな、健康管理のため帳簿への記載を義務づけられている。それだけでなく、何か事件があった際には、毒物入りの食品を食べていないか、誰から渡されたものかなどを確認するため、提出を求められることもあった。

白妃の帳簿には、信じられない量の品々が記載されていた。

特に好んでいるのは甘いものだが、普段の朝昼晩の食事量も、蘭月の食べる量の二倍はあるだろう。食べるときが幸せなのだ、と主張する白妃だが、食べているときの白妃の表情は、幸せとは言い難いものだった。

「これを香苺さまの父君がご覧になったら、卒倒しそうね」

蘭月は思わずつぶやいた。

「香苺さまは、元はあそこまで召し上がる方ではないのです」

朱明は苦々しげに言った。

「私は昔から香苺さまのことを知っておりますが、健康管理はきちんとされている方でした」

「ご自分が思うよりずっと、香苺さまのお心は疲れていらっしゃるのかもしれないわね。何か気分転換になるものでもお渡しできればいいのだけど」

蘭月は考えを巡らせる。

白妃は大貴族で、父親に頼めば何でも手にいれられるはずだ。そんな彼女の意表を突けるようなものが、何かあるだろうか。

「香苺さまって何がお好きなのかしら」

「香苺さまは、審美眼が優れております。菊花宮に飾ってある美術品はすべて、香苺さまが選ばれたものなのです」

「あれをすべて、香苺さまが⁉」

蘭月は驚きの声をあげた。

たしかに、あそこに置いてあったものは一目見て良いとわかる調度品だった。それをすべて自分で選んだと考えると、白妃の美術品へかける思いは本物なのだと実感する。

「はい。香苺さまは、ご実家にいらっしゃった頃からさまざまな美術品を見てきました。目利きの腕は、商家のご出身である蘭月さまにも負けないかと」

「ありがとう。考えておくわ」


そうして朱明が帰ってからも、蘭月は白妃の帳簿をゆっくりと眺めていた。

「あの生薬を混ぜるといいかしら」

蘭月は思わずつぶやく。蘭月の膝の上で寝ていた白沢が、眠たそうな目をして顔をあげた。

「すみません、白沢さま。起こしてしまいましたか」

最近の白沢は、蘭月が宮を空けている間に、どこかに出かけているようだった。姿を探しても、見つからないことが多い。白沢に詳しくは聞かないようにしているが、白沢が命じられたという天界の仕事。それが何か関わっているのではないかと、蘭月は踏んでいる。

「ううん。だいじょうぶ」

ふわぁ、とあくびをしながら白沢はつぶやいた。

「最近、お疲れのご様子ですね」

白沢の温もりに、蘭月もつられて眠ってしまいそうになる。

「……ねぇらんげつ」

ふいに、名前を呼ばれる。

「なんでしょう」

「きみは、思い出した？」

身体を起こした白沢は、まん丸の瞳で蘭月を見あげた。吸い込まれるような黒い瞳が、じっと蘭月を見つめる。蘭月は、何も言えないまま白沢としばし向かい合った。

時間にしたら一瞬だったろうが、蘭月にはもっと長く感じられた。

――目の前の白沢が、まるで知らない猛獣になったような錯覚をしたのだ。

隅に追い詰められた鼠《ねずみ》が、ただ猫に狩られるのを待つような。もう逃げられないのだと思い知らされる感覚。先に目を逸《そ》らしたのは、蘭月だった。

「何のことでしょう？」

出した声はかすれていた。思い出した、とは何のことか。心あたりは何もなかった。

「ぼくの勘違いだったかも」

白沢はそう言って、蘭月の膝の上から牀《ベッド》の上へと場所を変えた。その上でくるくると回り、寝心地を確かめてからまた眠りにつく。すぐに、すぅすぅと寝息が聞こえてきた。

（どういう……ことかしら）

思い出す、とは何のことか。

胸の奥のどこかで、誰かが声をあげているような気がした。思い出してくれ、とでも言っているように、胸がざわざわとする。白沢に何のことかたずねようと口をひらきかけて、やめる。白沢の昼寝の邪魔をしてはいけない。

それに、なんだか怖い気がしたのだ。自分のなかに、自分ではない何かがいるような気分だった。

（今のは、何もなかったことにしよう）

まだまだやることはいっぱいだ。蘭月はもう一度、帳簿に視線を落とした。


次の日。

蘭月は大量のお茶を持って、再度白妃の元を訪れた。喬琳と蘭月とふたりでぱんぱんに膨らんだ袋を持った様は、白妃の侍女側からは、奇妙な光景に見えただろう。

「蘭月さま、それは何？」

開口一番、眉根を寄せた白妃はたずねる。

「わたくし、薬は嫌って言わなかったかしら」

白妃が生薬の類を好まないことは、事前に聞いていた。その代わりの策を、蘭月は用意していたのだ。

「存じております。その代わりと言ってはなんですが、お茶を持参してまいりました」

「……お茶？」

白妃は訝《いぶか》しげにたずねる。お茶でどうなるのだ、とその顔に書いてあった。

「そうです。生薬を飲みやすく混ぜ込んだ私特製のお茶になります。お口に合わなければ、また別のものを作りますので」

「あなた、自分で作ったの？」

「はい。『美蘭堂』では、化粧品の他にも、女性が美しくなれるものを作りたいと考えていました。まだ形にはなっていませんでしたが、いろいろと勉強していたのです。家に通っていた侍医から、薬膳も学んでおりますので、ご安心ください」

そう言って、蘭月は持参した袋の中から茶葉を取り出す。

「突然何も食べるな、と言われても辛いだけです。ですから、甘いものを食べたくなったときには、まずはこのお茶をお飲みください」

お茶には細かく砕いた棗《なつめ》、あずき豆のほか、ドクダミなどの生薬も混ぜられており、ほんのり甘い。甘いものに置き換えて飲むことで、少しずつ食べる量を減らしていこうという魂胆だった。

しげしげとお茶を眺めた白妃は、険しい顔をしながらもお茶を淹《い》れるように指示した。まずは飲もうと思ってもらえたことに、安堵《あんど》する。

（毒が入ってるんじゃないの、なんて言われるかと思ったわ）

白妃とは一時休戦中といえ、まだ蘭月が信用に至ってないことは、この宮に入ってから突き刺さる侍女たちの視線でわかっていた。なにしろ白妃にとっての蘭月は、政敵の娘。今はただ利害が一致しているだけだ。

侍女からお茶を差し出された白妃は、おそるおそる口をつける。

「……飲めなくは、ないわね」

「ありがとうございます」

蘭月はほっと息を吐いた。

「これで終わりじゃないわよ。ちゃんと、嫌がらせの犯人も見つけてもらわなきゃ困るのだから」

「もちろんわかっております。ですが、気分転換も必要ですよね。少しでも、白妃さまのために何かできないかと思いまして、今日はもうひとつ品を持ってまいりました」

蘭月はにっこり微笑んで、ぱんぱんに膨らんだ袋の中から道具を取り出した。

「まだ何かあるの？」

驚いた白妃に蘭月が取り出したのは、生薬の粉末だった。茶色に乾燥したもの、まだ緑のもの。白妃の好きなものを探すために、喬琳にさまざまな種類を取り揃えさせた。

「気持ちを落ち着けるためには、香りも大事です」

「香り？　薬にしか見えないけれど」

ろ紙の中に小分けしてある生薬たちを、蘭月は白妃の前にずらりと並べる。

「そう！　そうなんです！　先ほど香苺さまに飲んでいただいたお茶には、生薬が含まれています。生薬のなかには、香りが良くお香に使われるものもあるんです」

「へぇ。たしかに見ただけで苦そうね」

眉をひそめて、白妃は蘭月が並べた生薬たちを眺めている。その中のひとつを手に取り、蘭月は鼻に近づけた。

「こちらは丁香《グローブ》です。ぴりっとあたたかい香りで、元気をくれます。西方では、魔除《まよ》けに使われているのだとか」

「魔除《まよ》け、ねぇ」

これまであまり興味を持っていなかっただろう白妃の瞳が、きらりと光った一瞬を見逃さなかった。

「ぜひ、香苺さまも香りを嗅いでみてください」

そっと手渡せば、白妃はおずおずと丁香《グローブ》を手に取る。

「この香り、初めてだわ！」

目を丸くしている白妃を見て、蘭月はふわりと微笑んだ。

「そうですね。ちょっと刺激的な香りですよね。それではこちらはどうでしょう？

色んなものを嗅いでいるうちに、自分の好きな香りがわかるはずです」

そう言って蘭月が手渡したのは、藿香《パチユリ》だった。

「こちらは藿香《パチユリ》と言って、胃腸の余分な水分を取り除く生薬として使われます。甘い
ものを好まれる香苺さまにはぴったりだと思います」

蘭月が差し出した藿香《パチユリ》を、香苺は手に取った。怖がる様子もなく鼻を近づける。

「あたたかい、木々の香りって言うのかしら」

くんくんと香りを嗅いだ白妃は、しみじみと言った。

「雨あがりの森のなかにいるような、そんな香りだわ」

「少し独特な香りですよね。時間が経つと、甘い香りになります」

「これが甘い香りになるなんて、不思議ねぇ。わたくし、意外と嫌いじゃないわ」

「では、これが今の香苺さまにぴったりということです」

心地よいと思う香りは、今の自分に必要な香りということだ。

「藿香《パチユリ》は、精神を落ち着かせる力も持っています。これと合わせるのであれば、こちらはどうでしょう？」

そう言って、蘭月は乳香《フランキンセンス》の塊を白妃に手渡した。乳白色のごつごつとした塊は、こぶのように見える。まさか、いい香りがするとは思わないような形だ。

「見た目は、よくいえば宝石に見えるわね」

少しだけこわごわと、白妃は乳香《フランキンセンス》を手に取る。

「これも、柔らかい木の香りがするわね」

くんくんと乳香《フランキンセンス》を嗅いで、白妃は言った。

「さっきのものよりも、ずっと深みがある香りね」

「そうです！　さすがは香苺さまですね」

思わず褒めれば、少しだけ得意気に白妃は口元を緩ませた。

「藿香《パチユリ》は紫蘇に似た植物ですが、こちらの乳香《フランキンセンス》は樹皮から染み出た樹脂なんです。乳香《フランキンセンス》も、心を穏やかにしてくれます。沈痛薬としても使われますね」

乳香《フランキンセンス》について解説してから、蘭月はその他にも持ってきた生薬たちも、次々と白妃に進めた。さまざまな香りがあふれるなかで、白妃が手に取ったのは、最初に選んだ藿香《パチユリ》と乳香《フランキンセンス》だった。

「このふたつが今の香苺さまに合った香りです。乳香《フランキンセンス》は、遠い西方の国では、金と同じぐらいの価値があったとか。香苺さまはやっぱりお目が高いです」

「まぁ、わたくしは初代龍皇陛下の代からお仕えしている由緒正しい家の娘ですからね」

白妃の心がだんだんとほぐれてきたところを見計らって、蘭月は最後のダメ押しとばかりに褒めちぎる。すると、白妃は顔面に喜色をにじませた。

（これなら、私のお願いも聞いてくれるはずね）

「さすが、白妃さままでです。それじゃあ、ここからは選んでもらった香りを使って、お香を作ってみましょう」

「お香を作る？」

白妃がたずね返した。

「はい。自分で作ると楽しいですよ」

「あなた……そんな技術まで持っているの？」

白妃が驚いたような、呆れたような表情で蘭月を見る。

「そういえば、蘭月さまは口紅もご自分で作られているとか」

白妃の近くで仕えていた朱明が口を挟んだ。

「侍女たちの間で、噂《うわさ》になっておりましたよ」

「口紅も自分で作る……？」

あんぐりと口をひらいて、白妃が言った。

「はい。自分で作ったほうが、楽しいと思いませんか」

少なからず圧をかけて、蘭月は白妃に微笑む。

「わ、わたくしはそうは思わないけれど」

「芸術に造詣が深い香苺さまなら、絶対大丈夫です！　まずはお香を一緒に作りましょう！」

ここで嫌だと言われないように、蘭月は側にいる朱明に目配せをした。朱明に用意してもらったのは、乳鉢と水、そして匙《さじ》だった。用意する道具はこれだけだ。

「白妃さまも、一緒にやってみましょうか」

「わたくしも一緒に？」

困惑の声をあげた白妃に、蘭月は頷く。

「簡単に作れますので、ご安心ください」

そう言って、蘭月はまず初めに藿香《パチユリ》を手に取った。乾燥した粉末状になっているので、見た目は生薬そのものだ。

次に、先ほど白妃に見せたものとは違う、粉状になった乳香《フランキンセンス》を取り出す。樹脂の状態から粉々にするのも楽しいが、今回は純粋にお香づくりを楽しんでもらおうと思ったのだ。

「こちらとこちらを、乳鉢の中にいれてみましょうか」

言いながら、自分の分を乳鉢の中にいれる。白妃の分の藿香《パチュリ》と乳香《フランキンセンス》の粉を、白妃の目の前に置いた。

やろうか、やるまいか。

白妃のなかに葛藤が生じているのは、手に取るようにわかった。ぐっと何かを決意したように、白妃はふたつの粉を乳鉢の中に放り込む。

「本当にこれから、お香が作れるんでしょうね」

訝《いぶか》しげな顔をしながらたずねる。

「はい。このままではお香にはなりませんが、これを混ぜると途端にお香に近づいてきますよ」

蘭月は懐からもうひとつ、粉を取り出した。

「この粉は、たぶという木から取り出した粉です。こちらと水を混ぜると、糊のような効果を得られます」

たぶの木の粉は、お香づくりには欠かすことができない。

藿香《パチュリ》と乳香《フランキンセンス》を八、たぶの木の粉を二の割合で混ぜ合わせる。白妃の分も目の前に置くと、見よう見真似《みまね》で、白妃はたぶの木の粉を乳鉢にいれる。

「ここからはちょっと注意です。水をいれすぎるとべちゃっとしてしまいますので、気をつけてくださいね」

白妃に声をかけながら、茶色の乳鉢の中にそおっと水をいれた。

水をいれすぎないように、白妃の分も見守りながら、匙《さじ》を使ってぐるぐると混ぜる。

「水の分量もちょうどいいですね。香苺さま、今のところいい感じですよ」

白妃はこれまで自分で何かを作る、という経験をしたことがないのだろう。たどたどしい手つきだった。

「混ぜ合わせるうちに、だんだんと固まってきますよ」

最初は泥のように見えていた中身が、固形に変わってくる。

「ここまで固まったら、手で成形します」

「この茶色い塊を、触るの？」

「はい、悪いものではありませんから」

たしかに、いきなり触るのは白妃にとっては少し難易度が高いかもしれない。

安心させようと、蘭月は固形に変わった中身を取り出して、三角のかたちに成形を始めた。手のひらの中で自由自在に形が変わっていくのは、心地よい。部屋の中にも、藿香《パチユリ》と乳香《フランキンセンス》の香りが混ざって、気分が落ち着いていく。

「たしかに、楽しそうね」

蘭月がこねこねしているのをじっと見ていた白妃がつぶやいた。

「楽しいですよ。この後、水で手を洗えば大丈夫ですから」

蘭月が言い終わる前に、白妃がむんずと中身を手で掴《つか》んだ。

「んひゃあ……！」

悲鳴のような声が漏れる。それでも、白妃は中身を手放さなかった。ぐちょぐちょと蘭月を真似《まね》して捏《こ》ねたあとに、綺麗な三角のかたちを作り始める。

「香苺さまは、筋がいいですね」

蘭月のものは若干不格好だが、初めてのわりに白妃の三角は綺麗に立っていた。

「当然じゃない」

ふふん、と鼻を鳴らして白妃は笑った。

その後、こつを掴《つか》んだ白妃はものすごい速さで三角を量産していき、最後にはどちらが綺麗な三角を作れるかの勝負が始まっていた。

お香は、一日から三日乾かすことで完成だ。お香が乾く頃にまた会う約束をするとともに、そのときは菊花宮に泊まりたいと申し出た。

白妃によると、嫌がらせは夜のうちにいつの間にかおこなわれているのだと言う。

そのため、菊花宮では寝ずの番がおこなわれているが、いつになっても犯人は見当たらない。菊花宮の使用人たちも、白妃と同じく疲弊する一方だった。

犯人がどのような手口を使っているかを探るためにも、一晩菊花宮に泊まり込んで調査したいというのが蘭月の目的だった。もちろん、お香の出来栄えを白妃とともに確認したいというのもある。

最初は難色を示していた白妃だったが、最終的には好きにしなさい、と折れた。その代わり、夜にはひとりで出歩かずに必ず供をつけること、と小言をもらった。

菊花宮で何か起きたらわたくしのせいにされるでしょ、とぶつぶつ言っていたものの、白妃は白妃なりの方法で蘭月を気遣っているのだと知って、胸があたたかくなった。


「こちらでございます」

当日、蘭月に用意されたのは来客用の部屋だった。

「ありがとう」

「何かございましたら、遠慮なくお呼びください」

菊花宮の侍女は礼をして去っていった。あとに残されたのは、蘭月と喬琳のみ。身近で世話をしてもらう侍女として、蘭月は喬琳を選んでいた。

「蘭月さま、本当に大丈夫なのですか？」

ふたりが寝泊まりするには広すぎる部屋を見渡しながら、喬琳はおそるおそる言った。喬琳は、白妃との間に因縁がある。最初は連れてくるべきか迷ったものの、蘭月にとって頼れる侍女は喬琳しかいない。

申し訳なく思いながらも喬琳に打診すると、行かせてくださいと回答がきた。蘭月さまのためなら、と胸を張る喬琳の姿が、今回はとてつもなく頼もしく見えた。

「大丈夫……だと思うけどねぇ」

椅子に腰掛けながらのんびりと言った蘭月に、喬琳は眉をひそめる。

「蘭月さまのために身を挺《てい》する覚悟ではありますが、こんな敵陣ど真ん中にいらっしゃらなくとも」

「そうね。本当なら、来ないほうが身のためだとわかってるわ。でも、私は自分で確認しないと気が済まない性分なのよ」

商人として、目利きをする力は備えてきた自信がある。取引をする相手と対面すること、ものを実際に手に取ることは重要だ。

「せめて、蘭月さまの身に何も起きぬよう、頑張って見張りますね」

覚悟を決めた喬琳の表情に、蘭月は頷いた。

それから、夜更けまでは何事もなくのんびりと時間が過ぎ、蘭月は読みかけの本を閉じた。本を閉じたときに起こった風で、蠟燭《ろうそく》の火が揺れる。

最初に入ったときには長かった蠟燭《ろうそく》も、いつの間にか短くなっていた。閉ざされた窓から外を見ると、煌々《こうこう》とした篝火《かがりび》がいくつも灯っている。篝火《かがりび》の側には必ずふたりの兵士が見張っており、巡回の兵士も列になって見回りをしていた。

「こんなに厳重な守りなのに、どうして嫌がらせはやまないんでしょうか」

本を閉じた蘭月を見て、喬琳はたずねた。

「蘭月さまには、もう犯人が見えているんですか？」

「いいえ。まだ、誰かが見えているわけではないけど、ぼんやりとした心あたりはあるの」

ゆらゆらと揺れる蠟燭《ろうそく》の光を見つめながら、蘭月は言った。厳重な警備がしてある宮だ。誰にも見つからずに嫌がらせが起きている現状を考えたとき、蘭月の胸に、ひとつの嫌な予感があった。この予感が事実にならなければいいと思いながら、蘭月は大きく息を吐く。

「少し、仮眠をとりましょう。二時間経ったら起こしてちょうだい」

「はい、準備いたします」

喬琳は頷いて、就寝の準備を始める。目は冴《さ》えていて、眠れるような気はしなかった。それでも床に入れば、ゆるゆると眠気が襲ってくる。このまま眠れると思ったとき、側にいた喬琳が物音を立てた。

（どうしたのかしら？）

「蘭月さま、お休み中失礼いたします。白妃さまがお越しです」

蘭月は体を起こした。

(こんな夜更けに、何かあったのかしら?)

仮眠をとるだけと決めていたので、化粧をとらずにいたのは幸いだった。手早く髪や服を直し、蘭月は白妃の前に出る。

化粧をとった白妃の姿は、いつもより幼く見えた。実際、白妃のほうがひとつかふたつ年下だったはずだ。

「香苺さま、いかがされましたか? 何か起きましたか?」

「いいえ。まだ起こってないわ」

ぶすりとした顔で、香苺は答える。

「それはよかったです。安心いたしました」

ほっと息を吐いたものの、蘭月の胸にはもうひとつの疑問が生まれる。何もないのであれば、なぜ白妃はここに来たのだろう。

「香苺さま。何かご用事でしょうか」

蘭月の問いかけに、白妃は答えない。うつむいたまま、何かを言いたげにもじもじしている。

(私、何かしてしまったかしら)

蘭月の頭に思い浮かぶものはない。白妃とは一時休戦中。白妃の機嫌を損ねるような何かをしてしまった覚えはなかった。

もし、蘭月が渡したお茶が不味《まず》いといった苦情であれば、甘んじて受けいれよう。

そう思ったときだった。

「ら、蘭月さまは、お眠りになるところだった？」

あまりにぎこちない大声で、白妃は言った。なぜか顔は真っ赤で、でも蘭月の顔は一切見ずうつむいている。

「あ、はい。そうですが」

「わたくしも、ご一緒してもいいかしら?!」

「……は、はい？」

蘭月の口から思わず変な声が漏れた。蘭月の返事に、白妃はぱっと顔をあげる。

「べ、別に一緒に寝るわけじゃないわ！　ね、眠るまで一緒におしゃべりするとか、そういうことがしたいだけよ！」

耳まで真っ赤になっている白妃の姿を見て、やっとのことで理解する。

「ぜひ、ご一緒しましょう」

「……?!　いいの?!」

ぱぁ、と花がひらくような笑顔を浮かべて、白妃は喜ぶ。白妃とともに来ていた侍女の朱明と、喬琳が一斉に止めたものの、蘭月は微笑みを浮かべながらそれを制した。

「私が椅子に寝ましょう。香苺さまは牀《ベッド》で寝てください」

蘭月と違い、箱入り娘であろう白妃に椅子に寝かせるのはさすがに気が引けた。実家に住んでいたときには、報告書を読みながらいつの間にか椅子で寝てしまっていたこともあったから慣れている。結局、蘭月が椅子、白妃が牀《ベッド》で落ち着いた。

蠟燭《ろうそく》を減らして暗くした部屋は静かで、時おり白妃がもぞもぞと動く音だけが聞こえてくる。

寝るまでおしゃべりがしたい、と言ったわりに、白妃は何も話しかけてこない。もしかしたら、何を話していいのかわからないのかもしれないと、蘭月は思った。

(私も、同じ年ごろの女の子とは、何を話せばいいのかわからないわ)

小さい頃から、友達に憧れていた。蘭月の顔の痣《あざ》を見た者は、例外なく蘭月のことを恐れた。

小さな子どもは遠慮がない。だから、蘭月に心ない言葉を投げかけた者もいた。今となっては、もっとやりようがあったのではないかと思うが、あの頃は自分を傷つける者たちから逃れるしか、方法がなかった。

――だからこそ、今この時に何を言っていいかわからなかった。

これがただのお茶会だったとしたら、もっと何か言えたかもしれない。しかし、いつもと違う環境が、何も言えなくさせていた。

「蘭月さま」

その時、小さな声で白妃が蘭月を呼んだ。

「なんでしょう、香苺さま」

「わたくし、小さい頃から友達という存在に憧れていたの」

蘭月の頭のなかを見透かしたかのように、白妃は言った。

「わたくしの家――桂家は厳格な家だったから、同じように話せる子なんて、周りにいなかったの。わたくしも大人になれば、友達のひとりぐらいできるだろうって思ったけれど、さっぱり駄目だったわ。わたくしは、桂家の娘であることを誇りに思っている。でも、桂家じゃなかったら、友達ができたのかしらって思ったら、悲しくなったのよ」

白妃の声は、震えているように聞こえた。

「誰かの家に泊まったりなんていうのも、本当はもっと小さい時にやるものでしょう。家族ぐるみで仲が良い、幼なじみの家に行ったり。蘭月さまは、そういう経験ってあったりするの？」

「ありません。正直にお話しすると、私にも友達はいませんでした」

「あら、そうなの？」

ふふ、と白妃は笑い声をあげた。

「わたくしと同じじゃない。蘭月さまも、友達に憧れたり、した？」

「もちろん。友達がいればなぁってずっと思っていましたよ」

言葉に出してみて、ずっと友達が欲しかったのだと、蘭月はあらためて理解した。自分のことを理解してくれ、そして相手のことも理解したいと思うような友達を。

「ありがとう、蘭月さま。わたくしの話を聞いてくれて」

「いきなり、どうしたんですか」

「わたくしの周りの人たちは、みんなすぐいなくなってしまうの。それは、わたくし自身が悪いのだと、気づいていたけど気づかないふりをしてた。そんなわたくしにも、蘭月さまは嫌な顔ひとつせずに、こうして一緒にいてくれる。蘭月さまは、わたくしの居場所を作ってくれたような気がするの」

「香苺さまがそうおっしゃってくださるおかげで、私もあらたに居場所がひとつできたような気がします」

蘭月の言葉に、白妃はふふふと声をあげて笑った。その声は、今までに聞いたことがないほど、無邪気な声だった。

「あのお香も、最初は戸惑ったけど、とても楽しかったのよ。一緒に灯しましょうね」

「はい、ぜひ」

その後、蘭月は白妃とさまざまな話をした。小さいときに好きだったお菓子や本。どれも後宮妃らしからぬ他愛もない話だった。しかし、そのひとつひとつをたどっていく言葉のすべてが尊く、愛おしいもののように蘭月は感じた。

白妃とともに過ごした夜は、何事もなく過ぎた。白妃は久しぶりにぐっすりと眠れたと嬉しそうだったが、蘭月には逆に不気味に感じられた。

（まるで、私たちを監視しているような）


次の日の朝。じわりと胸のなかに迫る不安を押し殺しながら、蘭月はできあがって乾燥させていたお香の様子を見ていた。

「蘭月さま、お香はできているかしら」

心配そうに、白妃が声をかける。手で触ってみても、くっついてこない。ということは、乾燥は終わったということだ。

「できました！　香苺さま、何でもいいので香炉を持ってきていただけますか？」

「もちろん、わたくしの収集物《コレクション》の中から選りすぐりの一点をお持ちしますわ！」

おほほほほ、と高笑いしながら、白妃が侍女に持ってこさせたのは、真っ白の香炉だった。よく見れば、乳白色の玉で作られたものだとわかる。円形の香炉のつまみには、獅子の頭が彫られていた。

不思議に艶めく香炉は、これだけで平民が一生遊んで暮らせるほど価値のある代物だ。

白妃ならきっと、素晴らしい香炉を持っているだろうとの思いつきで一緒に香を作ってみたのだが、まさかこんな高価な品が出てくるとは思わなかった。蘭月はあんぐりと口をひらく。

「香苺さま、こんなに高級な香炉を使ってしまってよろしいのですか」

明らかに観賞用で実用品には見えない。ただ、白妃は誇らしげに胸を張っている。その表情は昨日より幾分か柔らかく、そして目の下の隈《くま》も薄い。本来の目的通り、気分転換には成功したらしい。

「ええ！　せっかくわたくしが人生で初めてお香を作ったのですから、一番良い品で使ってみるのが筋ではありませんか」

「香苺さまがそうおっしゃるのであれば、止めません」

楽しそうな白妃を見ていると、白妃がいいのであればそれでよいと思えた。

「では、こちらの香炉を使って準備しましょうか」

香炉灰を詰め、その上にふたりで作ったお香を置く。おそるおそる火をつけると、じゅっと音がして三角のてっぺんが赤く色づく。そのまま静かに見守っていると、そこから煙が立ち出した。

「香苺さま、成功です！」

「わたくしが作ったお香……美しいわね」

ゆらゆらと立ちのぼる煙を見ながら、白妃がつぶやいた。藿香《パチュリ》と乳香《フランキンセンス》の香りが漂ってくる。深呼吸したくなる、落ち着いた木の香りだ。隣の白妃の表情を見ると、目を閉じて、漂ってくる香りに集中していた。

「いい香りね」

「眠れない夜は、ぜひこの香りで心を落ち着かせてください」

「ありがとう。これで気が楽になりそう」

素直に礼を言った白妃に、蘭月は思わず笑みを漏らした。

「どういたしまして。また一緒に作りましょう」

また一緒に。

その時間を得るためには、白妃に対する嫌がらせの犯人を見つける必要がある。昨日泊まったことで、蘭月の頭にひとつの仮説が浮かんでいた。

菊花宮から帰宅してからも、蘭月は鏡台の前で思案していた。

（私が泊まっていた日には、何も起こらなかった）

ということは、内通者がいるのではないか、というのが蘭月の見立てであった。

——内通者に気づかれずに近づくためには。

手の中にあるのは、翡翠《ひすい》の簪《かんざし》。思いついたのは、危険な方法だ。頭のなかに、漣龍の顔が思い浮かぶ。

「それでも、私は知りたい」

自分に言い聞かせるように、蘭月はゆっくりとつぶやく。

時間をかけて、自身の顔に化粧を施していく。いつもの悪女風ではなく、もっと素朴な——侍女らしい化粧。

なだらかな弧を描く眉に、目元は薄い茶色で陰影をなぞるだけ。唇は元の色を生かした、薄い桃色。いつもより工程が少ないからか、化粧はすぐ終わった。鏡の前で右、左と隈《くま》なく見つめれば、どこに出しても恥ずかしくない平凡な侍女ができあがる。

もう少し厚く化粧をしたくなる気持ちをこらえて、蘭月は喬琳を呼んだ。

「ら、蘭月さま……ですか?」

呼ばれてきた喬琳が、驚きに満ちた顔で蘭月を見つめている。頭ではわかっているものの、心が追いついてこないのだろう。

「そうよ」

鏡台の前に置かれた化粧道具を見て、喬琳はやっと理解したのだろう。

「本当に、蘭月さまなのですね?」

喬琳の問いに、頷く。

華月として、ほぼすっぴんで過ごすのと、蘭月としての顔を見せた相手に、ほぼすっぴんをさらすのとでは、まったく気持ちが違う。

「ごめんなさい、喬琳。私は、化粧ですべて騙《だま》していたの」

喬琳がこれまで仕えていた主は、すべてまやかしだ。罪悪感に駆られて、蘭月は謝罪する。本当の自分は、こんなに地味で――醜い。失望に染まっているだろう喬琳の顔から、目を逸《そ》らす。声が震えた。

「本当の私は、こんな地味な顔なの。こんな私が後宮妃なんて、笑ってしまうわよね」

ははは、と乾いた笑い声が漏れた。喬琳の答えを聞きたくなくて、間髪いれずに言葉を紡ぐ。

「でもね、だからこそできることもあるのよ。私はこれから、侍女として菊花宮へ向かう。この顔ならば、誰も私だって気づかないでしょうから。喬琳、留守を頼むわね」

蘭月の言葉に、喬琳は答えなかった。沈黙がふたりの間におりる。不安が蘭月の胸を締めつける。苦しかった。喬琳の反応が怖くて、たまらない。いつの間にか固く握っていた指の先が、冷たくなっていた。

「……蘭月さま。私は反対です」

静かに、喬琳は告げた。

「あまりにも危険です。白妃さまに害を及ぼす者が、蘭月さまにも襲いかかるかもしれません」

「この顔ならば、誰にも私だって気づかれないわ」

「だめです」

口をへの字にして、喬琳は反対の意を示した。

「私にとっては、どんな姿であっても蘭月さまは蘭月さまです。大切な蘭月さまを、みすみす敵地に向かわせるわけにはいきません」

力強い声に、蘭月はやっと喬琳と目を合わせた。灰色がかった喬琳の瞳が、蘭月をじっと見つめる。

「喬琳……」

「蘭月さまは気にされているかもしれませんが、化粧のあるなしで人は変わりません。蘭月さまは、蘭月さまです」

今までにないほど強い口調で、喬琳は告げる。じんと胸が熱くなった。

「ありがとう、喬琳。こんな私を大切にしてくれて。でも、私――」

「行くしか、ないのですね」

蘭月の言葉を遮って、喬琳は覚悟したように言った。

「ごめんなさい。私はこの目で確かめたいの」

「では、絶対に約束してください。無事に帰ってくると」

「もちろんよ。まだまだ、私はやりたいことがいっぱいだわ。喬琳と一緒に、喬琳のお母さまが生まれた地にも行ってみたい。満足するまで、死ねないの」

蘭月は喬琳に向けて微笑んだ。喬琳は蘭月の微笑みを受け止めて、頷く。

「わかりました。私はここで蘭月さまの帰りを待っております」

「ありがとう。喬琳に、これを託しておくわ。何かあったらこの書状を私の部屋に届けて」

蘭月は白沢に宛てた書状を喬琳に手わたした。喬琳に白沢の存在を知らせてはいないが、その時はその時だ。

書状には、もし蘭月の身に危険が降りかかったとしたら、漣龍に助けを乞うように書いてある。侍女である喬琳には難しくても、瑞獣《ずいじゅう》である白沢が動けば、必ず漣龍は動いてくれるはずだ。

「絶対に何かの手がかりは掴《つか》んでくるから」

不安に揺れた瞳で蘭月を見あげ、喬琳は最後には小さく頷いた。

「わかりました。一日だけ期限を設けます。それが過ぎたら、私も菊花宮に乗り込みますから」

「わかった。それまでに、ちゃんと帰ってくるわ」

力強く約束を交わして、蘭月は自分の宮を後にした。

今回の作戦はこうだ。

白妃への嫌がらせの犯人を見つけるため、菊花宮に白妃の侍女として潜入する。見つけられたら万々歳、もし見つけられずに蘭月が倒れたら——その時は、漣龍にうまくやってもらう他ない。漣龍なら、蘭月の書いた書状を見ればすぐに理解してくれるだろう。危険を冒すことなく解決できればよかったのだが、そうも言っていられない。

(おじいちゃんも言ってたもの。勝算のない駆け引きはしないって……)

蘭月なりの勝算はある。ただ、その勝算を掴《つか》むためには運をも引き寄せなければならない。

(腕の良い商売人なら、運もついてくるって、おじいちゃん言ってたわね)

運が蘭月に向いてくることを、祈るしかない。この国を守っているという龍神に心のなかで祈りながら、蘭月は馬車に身を寄せた。

菊花宮に向かう馬車は、今日から雇われる侍女たちが乗る馬車である。菊花宮の主——白妃は侍女使いが荒いことで後宮内でも有名になっていた。

侍女が長続きしないことから、桂家は莫大な富を使い、他の宮より侍女のお給金を吊りあげざるを得ない、というのはもっぱらの噂《うわさ》だ。

（香苺さまも、今回の件で少し丸くなってくだされぱいいけれど）

白妃とともに過ごしてみて蘭月が感じたのは、白妃も年相応の女の子だということだった。これまで許されてきたからこそ、人使いも荒くなってしまっただけで、一度気づきがあれば変わるのではないかと信じている。

馬車の中にいる侍女は十数人といったところか。蘭月と同じぐらい、十代後半から二十前半ぐらいの少女たちが不安げな瞳で馬車が止まるのを待っている。

（あまり家柄は良くなさそうね）

着ている服はみすぼらしいもので、おおよそ白妃に仕えるには相応しくないように見えた。たしかに白妃の人使いは荒いかもしれないが、これだけの侍女を補充しなければならないというのは、些《いささ》か疑問である。

「止まれ……！　外に出ろ」

どすん、と音がして馬車が止まった。他の侍女たちが降りるのに合わせて、蘭月も外に出る。昼間に見る菊花宮はその名の通り華やかで、まるで陰湿な嫌がらせがおこなわれているようには見えない。初秋の晴れ空が、頭の上に広がっていた。

一緒の馬車に乗ってきた侍女たちとともに、蘭月は侍女頭から説明を聞かされる。

侍女として、白妃の元で仕事をすることの意義といった道徳的なことから、これからの仕事内容や、日程といったことを大まかに伝えられる。その後は、四つの班に分かれ、見習いとしての日々を始めることになった。

馬車の中にいた少女たちのうち、蘭月と同じ班になったのはふたりだった。後宮入りを許されるぐらいだ。ふたりとも整った顔立ちをしている。

しかし、身につけている服は薄い襤褸《ぼろ》。身のこなしやがっちりとした体格から、農作業など身体を資本に仕事をしてきた少女たちに見えた。

後宮のことをあまり聞かされていないのだろうか。ふたりとも不安げな表情をして、蘭月にくっつくように歩いている。

後宮に慣れている蘭月は、他の少女たちよりも落ち着いた表情をしていたのだろう。ふたりから頼れる人という認定をされたらしい。

しばらく歩いて、蘭月たちが通されたのは、侍女が寝泊まりするための宿舎だった。荷物を置いたのち、見習いとしての初めての仕事――洗濯をおこなう場所へと移動する。蘭月たちは、先輩侍女たちの見よう見真似《みまね》で洗濯を始めた。

初秋を迎えた頃の水は冷たく、洗濯板でごしごしと洗っているうちに、手はすぐにかじかんで冷たくなった。久しく、自分で洗濯などしていなかったものだから、蘭月の手はあっという間に赤くしもやけのようになる。隣にいた見習いのふたりは、慣れた仕事だからか、積まれた山のような洗濯物を軽々とこなしていく。黙って洗濯を続けていると、そこにひとりの先輩侍女がやってきた。

「あんたたち、新入りかい？」

三十に差しかかろうかという年ごろの侍女は、名前を燕果《えんか》と名乗った。細い目に、艶のない髪の毛をお団子にひっ詰めている。一目で苦労しているのだろう、とわかる風貌をしていた。

手を動かしながらも、各々の自己紹介を終えると、燕果は蘭月の前に残った洗濯物を見ながら言った。

「あんた、いいところのお嬢様だろう。すぐわかったよ、その身のこなし」

「いえ、特に優れた家というわけではありません」

内心ドキリとしながら、蘭月は答えた。たしかに、他の新入りたちと比べたら、蘭月が終えた洗濯物の量は少なすぎる。これだけ見たら、たしかにいいところの令嬢だと思われてもおかしくはなかった。伊達《だて》にこれまで幾人もの新人侍女を見ていない、ということだろう。

「あんたも、災難なことだね」

ばしゃばしゃと水を扱いながら、燕果は言った。

「仕えるのが白妃さまじゃあなければ、もっといい後宮生活を送れただろうに」

悲観するわけでもなく、ただ事実を述べているといった、あっけらかんとした響きだった。蘭月の心臓はどきりと跳ねた。

白妃に限らず、侍女が主人を侮辱したことがばれれば、即解雇、場合によっては命さえも危ない。それにもかかわらず、燕果は日常会話のように言ってのけた。

「それは、どういうことですか？」

「どういうことも何も、あんた知らないでここに来たのかい？」

そう言って、燕果は声を潜めた。

「白妃さまは、もう終わりさ。皆が言っているよ」

蘭月は思わず言葉を失った。対する燕果は何も気にしていないといった様子で、蘭月の顔も見ずに洗濯物を洗っている。周りには幾人もの侍女たちがいる。何も聞かれていない、というのはさすがに難しいだろうに、燕果は気にせずに言葉を続けた。

「あんたもさ、蘭月さまだっけ？　あっちの宮に行ければよかったんだろうけどね。あんたほどのべっぴんさんなら、きっとあっちの宮でよくしてくれるだろうよ。あっちの宮では、侍女にも口紅をくれたりするんだってよ。羨《うらや》ましいよねぇ」

心底羨《うらや》ましそうに言って、燕果は持っていた籠から次の洗濯物を取り出した。その中にちらりと見えたものに、蘭月は目を奪われる。

「正直、羨《うらや》ましいよ。後宮妃付の侍女って言うから、もっといい生活ができると思ったのにさ。あたしのような落ちぶれた辺境貴族の娘じゃあ、出世も見込めない」

はぁ、と燕果は大きなため息をついた。

「あたしだって、もしかしたら後宮妃になれたかもしれないのにねぇ。運命ってのは、残酷なものだと思わないかい？　あんたもどうせ、借金のかたに売られてきた貴族だろう」

どう答えたものか、蘭月は迷って首を縦に振った。燕果の瞳に、同情の色が浮かぶ。

「やっぱりそうだ。あんたは他の新入りとは違うと思ったんだ。こんな下働きさせられて、辛いだろ」

もし蘭月が本当に売られてきた貴族の娘であったなら、仕事を投げ出して逃げたいと思っただろう。後宮で、高貴な方々にお仕えする。そう言い聞かされて、後宮に出てきたものの、そこで待っていたのは使用人としての生活だ。華やかな後宮の裏には、闇が潜んでいる。

「あたしもさ、あんたと同じだよ」

答えられないでいる蘭月に、燕果は声を潜めて囁《ささや》いた。

「親が作った借金のせいで、こんな生活するしかなくなった。しかも、売られた先は白妃さまのところ。人生お先真っ暗だ。このまま死ぬしかないって思っていたけど、神様っていうのはいるらしい。あたしたちを見守ってくださってる」

洗濯物を洗う手を止めて、燕夏は言う。

「だからさ、絶望するにはまだ早いのかもしれないよ」

そう言って、燕果は遠い目をした。

「ごめん、ちょっと暗い話しちゃったね。あんたには、あたしと同じ道をたどって欲しくなくてさ。まぁ、なんかあったら話聞くから」

一瞬だけ、燕果の深淵《しんえん》を覗《のぞ》いた気がした。もう少し詳しく聞きたかったが、燕果は別の侍女に乞われ、その場を去ってしまった。追加される洗濯物を洗い終え、自分の宿舎に帰ってきた頃には、すでに日はとっぷりと傾き、夜空には月が輝き出していた。

久しぶりに肉体労働をしたあとの食事だ。大層美味《おい》しく食べれるだろうと思っていたのに、燕果の言葉が思い出されて食事を楽しむどころではなかった。

たしかに、白妃の宮に長らく仕えている侍女であれば、白妃が悩んでいる嫌がらせについて、知っていておかしくはない。

それでも、「終わった」とまで表現するだろうか。嫌がらせを受けているからと言っても、白妃がこの国の政界を牛耳る桂家の一員であることは間違いなく、その威光はこの先もしばらくは続いていくはずだ。

それに、燕果が持っていた籠の中に入っていたものが、気になっていた。蘭月の見間違えでなければ、赤黒い染みがついた衣服が入っていたように見えた。

（やっぱり、きな臭いわね……）

燕果が話した身の上話も気になった。燕果にもう少し話を聞いておきたい。

「ねぇ。燕果さんって、どこの宿舎で寝ているか、知ってる？」

蘭月は一緒に夕食を囲む侍女たちにたずねた。今日の仕事を教えてくれたお礼を言いたいといえば、気の良い先輩侍女たちが優しく教えてくれる。礼を尽くす後輩だ、なんて言われた蘭月の胸は重苦しい。早めに食事を切りあげ、蘭月は食堂を辞することにした。

蘭月の気持ちも知らずに、空には美しい満月が浮かんでいた。夜でも昼のように明るい菊花宮のなかでなければ、もっと綺麗に月を眺められたのだろう。

綺麗な月を見ていると、ふと漣龍の顔が思い浮かぶ。漣龍に初めて出会ったときも、綺麗な月の夜だった。月光に照らされながら静かに微笑む漣龍の姿は、天から降りてきた月の精のように感じられた。どこか儚《はかな》げで美しい月は、漣龍に似ている。

慣れない夜道を通ってやってきた燕果の宿舎には、彼女の姿はなかった。同室の侍女にすぐに戻ってくるはず、と声をかけられるも、蘭月の胸騒ぎは収まらない。燕果の姿を探すほうが早いと判断し、周辺をぶらつく。彼女の姿は人気のない菊花宮の奥にあった。

「燕果さん、ですよね？」

燕果はびくりと肩を震わせて振り向く。蘭月は手にしていた灯りを掲げて、見えてしまった光景を咀嚼《そしゃく》しながら笑顔を作った。

「燕果さん！　探していました。これ、忘れ物です」

「わ、忘れ物……？　あたし、忘れ物なんてしてたっけ？」

自分の懐を探りながら、燕果が近づく。その瞬間を狙って、蘭月は思いきって燕果にぶつかっていった。どさり、と燕果が尻もちをついた。それと同時に、蘭月も反動で尻もちをつく。手にしていた灯りががしゃりと地面に落ちた。暗闇のなか、燕果の声が響く。

「いった、あんた何してんだい！」

蘭月がぶつかった瞬間、燕果の懐から落ちた物。燕果が近づいたとき、強く香った血の匂い。嘘《うそ》であって欲しいと願いながら、蘭月は燕果の手を取った。

「燕果さん、あなたがやっていたんですよね」

「な、何言ってんだい、あんた！」

燕果は蘭月の手を振り払う。それと同時に生暖かい感覚が伝わる。月の光に目が慣れてくると、状況の凄惨さがよくわかった。蘭月の手には血がついていた。

「香苺さまにしていた嫌がらせの数々……一番に発見したふりをして、嫌がらせをしていたのは燕果さんを含めた、侍女の方々なのでしょう」

蘭月は静かに問うた。

「宮ぐるみで、香苺さまを騙《だま》していた。そうですね？」

足元には、すでに息絶えた鳥の羽が落ちていた。屍《しかばね》を宮に投げ捨て、一晩経ってから、見つけたと言い出せば誰も宮の内部の者がやったと疑いはしないだろう。

唯一白妃の位《くらい》を持つ彼女のことを妬《ねた》んでいる者ならば、菊花宮の外にはごまんといる。

「あ、あんたは。あんたは新入りだから、白妃さまに虐げられてきたあたしたちの気持ちがわからないんだ！」

「そうかもしれない。もし私があなたの立場だったなら、そうせざるを得なかったかもしれない」

蘭月にはわからない。白妃の侍女として過ごしたことがあるわけでも、白妃の理解者でもない。白妃とは、ただの後宮妃同士であるだけなのだから。

白妃の傍若無人ぶりは、きっと侍女たちにも十分に発揮されていたのだろう。それを諫《いさ》める人がいたなら、誰も傷つかず、こんなことなど起こらなかっただろうに。そう思ったとき。

「うりゃあああああ」

燕果が銀色に光るものを蘭月に振りかざして、迫っていた。

冷たい銀の光が自分を狙っている、と思った瞬間、蘭月の身体は石になったかのように、何も動かなくなってしまった。

ゆっくりと、銀の光が振り下ろされるところをまじまじと見つめながら、漣龍に似た月の光のもと死ぬのであれば、それも悪くないかと目を閉じる。

その時だった。ぎゃんぎゃん、と吠える声がして、蘭月の意識は現実に戻される。

「な、なんだいこの犬は……！！」

燕果の足元に噛みつく白い生き物に、蘭月は思わず声をあげた。

「は、白沢さま！」

蘭月の声などお構いなしに、白沢は燕果の足元に噛みつく。悲鳴をあげた燕果の手から、銀の色をした簪《かんざし》が落ちて乾いた音を立てた。

白沢を振り払おうとした燕果だったが、なおも白沢の牙は強い力で燕果の脚を捉える。ぎちぎち、と鳴ってはいけない音がして、蘭月は思わず悲鳴をあげた。

「白沢さま、燕果さんの脚が！」

蘭月の叫びに、白沢はぱっと顎を離す。その瞬間、燕果は脚を引きずりながら一目散に逃げていった。がくりと蘭月の足から力が抜ける。

「白沢さま。ありがとう、ございます」

ふわふわの毛並みを撫《な》でると、白沢は得意げな表情で蘭月を見あげた。

「ぼくにかかれば、お安い御用だよ。このまま捕まえておけばよかったのに、どうしてぼくを止めたんだい？」

「……それは」

燕果が心配だったから、とは言えなかった。蘭月は殺されかけたのだ。ここに白沢が来てくれなければ、蘭月は死んでいたかもしれない。それでも、あの時苦悶《くもん》の表情を浮かべていた燕果の姿を見て、放っておくという選択はできなかった。

蘭月の心の葛藤を察したように、白沢はまん丸の優しい目で蘭月を見つめた。

「きみは、優しすぎるよ」

「蘭月さま！　お怪我はございませんか！」

その時、喬琳の声がして、蘭月ははじかれたように声のほうを向いた。

「喬琳。あなたまで来てくれたのね」

「あの、蘭月さまの置いていった手紙を、この子が読んで、そのまま飛び出していったのです。私も思わず不安になってついてきてしまいました」

突然言葉を話しはじめた白沢に驚きながら喬琳は言う。

「ありがとう、喬琳。白沢さま」

いまだ震える手で白沢を抱きしめて、蘭月は現実から逃れるようにぎゅっと目をつぶった。

蘭月自身が求めた結果なのに、なぜこんなにも胸が苦しいのだろう。

＊＊＊

「ということで、この菊花宮に古くから仕えていた侍女の大多数が加担していたものと思います」

蘭月の説明を、白妃はただ黙って聞いていた。蘭月が出していたお茶のおかげか、心なしか顔のむくみはとれたように見える。難しい顔をしながらも、白妃は口をひらいた。

「そう」

その後、捕らえられた燕果は自分が首謀者ではないと訴えた。首謀者を探すため、菊花宮で働く侍女たち全員が徹底的に取り調べられたが、結局誰が陰謀の糸を引いていたのかはわからなかった。

侍女たちは一様に、とある噂《うわさ》について語った。

白妃の支配から逃げ出す方法がある。誰からともなく囁《ささや》かれたその噂《うわさ》は、白妃の横暴に苦しむ侍女たちの間を駆け巡った。

――白妃に抵抗すれば救われる。そうすれば自由になれる。

最初に嫌がらせをしたのは、誰だったか。白妃への抵抗は、嫌がらせという行為で示された。自分だけでない。誰がやっていることだ。これまで白妃に散々いじめられてきたのだ。いつの間にか、誰も主人への嫌がらせが異常なことだとは思わなくなっていった。

奇妙なことに、侍女たちの誰もが噂《うわさ》の発端が誰なのか、わからないと言った。首謀者がわからない以上、菊花宮は漣龍の配下に置かれることになった。今ごろ、宮中では青海がてんやわんやしていることだろう。

「わたくしが、間違っていたということよね」

蘭月の言葉を聞いた白妃は、じっと耐えるような表情でそう言った。

「香苺さま」

「わたくしの言動が皆を苦しめたのが、すべての元凶なのよね」

「無礼を承知で言うなれば、そうなります」

蘭月はきっぱりと言った。働く侍女は、主人のために命懸けで働いている。それを省みることなく、駒のように扱ったのは、白妃自身だ。

家の後ろ盾があるからといって、侍女に何をしてもいいわけではない。白妃のこれまでの行動が招いた顛末《てんまつ》だ。

「わたくし、何もわかってなかった」

勝ち気な瞳には、涙がたまっている。嫌がらせの恐怖から逃れた先に待っていたのが、こんな真実だったなんて、信じたくないのだろう。彼女は、後宮妃たる者少し傲慢なぐらいがちょうどいいと教えられて育ってきたのだ。

「私のように、香苺さまをお慕いしている者もおります」

側に控えていた侍女の朱明が言った。彼女は噂《うわさ》を知らなかった。朱明のように、白妃が実家から連れてきた侍女は、嫌がらせを持ちかけられなかった。首謀者は白妃の身辺もきちんと調べ尽くしていることがわかる。

「私も、ともにおります。また一緒に信頼を取り戻していきましょう」

蘭月の言葉に、白妃はうなだれたまま、何も答えなかった。

白妃の宮――菊花宮の事件は、瞬く間に漣龍の元まで届いた。

形式上、後宮妃は漣龍の妻である。妻を貶《おとし》めたということは、漣龍自身をも貶《おとし》めたのと同義だ。

白妃を貶《おとし》めようとしたのは誰だったのか。菊花宮で働く侍女たちが片棒を担がされたのだ。誰か指揮する者がいなければ、今回の事件は起こり得ない。国をあげて、首謀者の捜索が始められ、漣龍は多忙を極めていた。

定期報告と称して漣龍の元へ会いに行くのも、久しぶりだ。今日は漣龍にひとつ、頼み事がある。華月として会いに行くため薄化粧しかできないが、化粧の力を借りたくて、いつもより念入りに粉をはたく。気合をいれて、蘭月は漣龍に会いに行った。

「罪人に会わせて欲しい、だと？」

頼み事をした直後、言われた漣龍の言葉に、蘭月は肩をすくめる。

美しい、いつまでも見ていられる、と思っていた美貌も、自分の行動のせいで怒らせていると思うと、目を合わせることすらできそうにない。

「会ってどうする」

「会って、渡したいものがあるんです」

白妃へ嫌がらせに加担した者たちの処遇だが、白妃自身が望んだこともあって、極刑に処される者は誰もいなかった。だが、この後宮に居続けることなど許されるはずもなく、例外なく生家に送り返されることが決まっていた。

蘭月の答えに、漣龍の後ろにいる青海が渋い顔をしているのが見えたが、ここで引いては、決死の覚悟でお願いをした意味がない。

「罪人に会うなんて、危険すぎる」

漣龍が華月を心配してくれていることはわかる。それに、今回は白沢まで危険に晒《さら》してしまった。怒られるのも、当然だとは思っている。とはいえ、華月はただの侍女だ。たかが侍女ごときをこれほど心配してくれるとは、考えてもみなかった。

「何か、反論はあるか？」

蘭月の心を読んだかのように、漣龍は涼やかな瞳を蘭月に向けた。そしてそのまま椅子から立ちあがり、半ば土下座のかたちになっている蘭月の手を取った。

「私は、そなたのことをただの侍女だとは思っていない」

「……！」

はっとして見あげた瞳は、怒気を含むもの。蘭月は何も言えないまま固まった。

(じゃあ、私のことは何だと？)

蘭月は口をつぐんだまま漣龍の一挙一動に集中する。

漣龍の手が、蘭月の手に触れる。涼やかな見た目に合わず、とてもあたたかかった。

「私にとって、そなたは自分の命よりも大事だ」

「そっ、んな」

漣龍の言葉が信じられず、蘭月は思わず声をあげた。咄嗟《とっさ》に身を引こうとしたものの、漣龍がそれを許さない。蘭月の手はがっちりと漣龍に捕らえられたままだった。

「私の言葉が信じられないか？」

悲しげな声音に、蘭月は顔をあげる。

「なぜ、そこまで私のことを……」

蘭月の言葉に、漣龍の瞳は揺れた。蘭月の目をじっと見つめながら、蘭月ではない別の面影を見ているような、そんな視線に蘭月の胸は人知れず痛む。そのままふたりで手を取り合いながら、蘭月と漣龍はただふたり見つめ合っていた。

「漣龍さま」

その時間を中断したのは、青海の言葉だった。仏頂面で、次のご予定がございますので、と硬い声で告げる。漣龍の手が離れていったのを、少し寂しく感じた。

「青海。罪人は明日の朝、後宮を出るのだったな」

「はい。その手筈《てはず》です」

「では、そなたが直々に華月を案内しろ。決して、危険な目に遭わせるな」

「承知しました」

青海が恭しく礼をする。

「漣龍さま、よろしいのですか？」

「そなたがどうしてもと言うなら、仕方がない。ただ、必ず青海を供につけること。絶対に、危険なことをしないと約束してくれ。いいな」

「はい。ありがとうございます。漣龍さま」

ほっとした気持ちと、本当にいいのだろうかと思う気持ちがない交ぜになる。漣龍ともう少しだけ話したい、と思ったのもつかの間、青海に促されて蘭月は漣龍の自室を後にした。

漣龍の自室を辞してから、蘭月は眠れずに夜を過ごすことになった。漣龍に抱く気持ちが何なのか、蘭月にはまだわからない。漣龍のことを考えると、心がざわついて落ち着かなくなる。

うろうろと部屋のなかを歩き回り、そして鏡台に飾ってある簪《かんざし》を手に取る。月の光に照らされた翡翠《ひすい》を見ていると、次第に気分が落ち着いてきた。

漣龍のことを、ずっと前から知っていたような気がする。

それは、蘭月の勘違いだ。そう思って当然なのに、漣龍の眼差《まなざ》しに違和感を覚えた。

――蘭月自身も知らない蘭月のことを、漣龍が知っているかのような。

考えないようにしようと思えば思うほど、漣龍のことが頭から離れなくなる。

(大切な存在だ、と言ったのはなぜ？)

碧色《へきしょく》の瞳に吸い込まれるように見つめ合っていた時間。蘭月自身でも説明ができない。でも、これまで感じたことのない安心感を覚えていたことは事実だった。

(漣龍さまは、私をからかっている？)

そう思えたなら、どれほどよかっただろう。ただの侍女として、華月をからかっていると思えば、これまでの言動すべてに納得できる。

けれど、漣龍の真剣な眼差《まなざ》しを見て、間違いだと言いのけることはできなかった。

「わからない、何もわからない……」

牀《ベッド》にぽすりと倒れ込み、蘭月はつぶやいた。宝物のように簪《かんざし》をそっと抱きしめながら、ごろんごろんと寝返りをうつ。そして、仰向けでじっと虚空を見つめた。

静かに静かに、夜が溶けていく。ふう、とため息をついた。

すると、とてとて、とやってきた白沢が蘭月のお腹の上で丸くなった。

「白沢さま、こんな夜遅くにどちらへお出かけしてたんですか」

「んー、お仕事だよ。おしごと」

眠そうに白沢が言った途端、すぅすぅと寝息が聞こえてくる。

お腹の上の重苦しさとあたたかさが、愛おしい。思わず白沢のもふもふを触った。

白沢は蘭月に触られるがままにしている。

（あたたかい……）

ぽわぽわとした白沢のあたたかさが、蘭月の身体のなかに染み渡る。

そうしているうちに、いつの間にか蘭月も眠りのなかに吸い込まれていった。

次の日の早朝。華月の化粧をした蘭月は、喬琳が起きるより早く宮を抜け出した。

青海と待ち合わせ、冷宮へと向かう。白妃の件があってから、青海は寝る暇もないほど忙しそうだった。そんななかでも時間を作ってくれることをありがたく思う。

「青海さん。今日は本当にありがとうございます」

「漣龍さまの頼みですから」

青海は重々しく礼をする。その腰にはこれまで見たことのない剣が下がっているのが見えた。これから会いに行くのは紛れもなく罪人なのだと、はっきりと実感させられる。蘭月の気持ちはこれまで以上に引き締められた。

青海とともに、罪人たちが乗せられる馬車の前で待つ。蘭月が会いたいと願った主——燕果はすぐに現れた。

にわかに緊張感が走り、蘭月の鼓動は早くなる。蘭月の緊張に気づいたのか、青海がさりげなく、蘭月と燕果の間に割って入ってくれた。

引き立てられてやってきた燕果は、青海と蘭月を見て険しい表情を浮かべる。

「燕果さん」

蘭月の声は、震えていた。

「これを、どうかもらってくれませんか」

そう言って、蘭月が懐から出したのは、自分で作った『紅蘭華』だ。初めて出会ったとき、燕果は言っていた。蘭月付の侍女になればよかったのに、と。その言葉が、ずっと蘭月の胸に刺さっていた。

『紅蘭華』を見た燕果は、不思議そうに蘭月の手のひらを見つめる。

「燕果さんが欲しいと言っていた口紅です。蘭月さまにお願いして作ってもらいました」

「あたしの、ため？」

燕果の唇はかさついて、血がにじんでいる。獄中では、満足に自分の手入れをすることもできなかっただろう。

「はい。この口紅、燕果さんにぴったりな色をしているんですよ」

どんな服装にも合うように、朱色と桃色を混ぜて、肌《はだ》なじみのしやすい色を目指した。蜂蜜をたっぷりいれたしっとりとした質感で、保湿を目的としての普段使いもできる上に、ちょっとしたお出かけの際にもつけられる。どんな場面でも、きっと燕果の力になってくれるはずだ。蘭月は『紅蘭華』の蓋《ふた》をあけて、燕果に見せる。

ぱぁっと、燕果の顔色が明るくなった。

「こんな綺麗なものを、あたしにくれるのかい」

「もちろん。燕果さんのためだけに、作りましたから」

蘭月の言葉に、燕果の瞳にみるみるうちに涙が盛りあがる。

「……あんたの主みたいな人に出会えたら、あたしは馬鹿なことをせずに済んだのかな」

燕果のつぶやきが、蘭月の胸に突き刺さる。過去を悔いても、もう時は戻ってこない。もし、もっと早くに出会えていたら、『紅蘭華』を渡すだけでなく、燕果のためにできることがあったのではないか。蘭月は唇を噛んだ。

「燕果さん……ごめんなさい」

「何言ってるんだい。あんたのせいじゃないだろ」

半ば泣き笑いのような表情で、燕果は言った。

「元はといえば、何も考えずに動いたあたしが間違ってたんだよ。あんたが謝ることじゃないさ。ありがとう」

ひび割れた唇で、燕果は感謝の言葉を漏らした。青海が止めようとするのも構わず、蘭月は燕果に近寄った。あかぎれだらけの手をとって、手のひらに口紅を握らせる。燕果の手はかさついていて、それでもあたたかかった。

「どうか、どうかお元気で」

燕果の手を握りながら、蘭月はつぶやく。ごほん、と青海が咳払いをした。そろそろ時間だ。

「ありがとう。あんたも、元気でね」

名残惜しさを感じながら、蘭月は燕果から離れる。燕果は蘭月からもらった口紅を大事そうに抱えて、こちらへ一礼した。そして、ゆっくりと歩き出す。

(燕果さんのこれからが、どうか幸せでありますように)

心のなかで祈って、蘭月は燕果の後ろ姿に向かって頭を下げた。

＊　＊　＊

菊花宮での事件からひと月が経ち、やっとのことで後宮は落ち着きを取り戻していた。

当初は白妃の生家――桂家が制裁を求めて動くのではないかと見られていたが、桂家はひと月が経っても沈黙を貫いていた。いまだ首謀者の尻尾さえ見えていない状況が、桂家を足踏みさせる要因のひとつになったと見られている。

この事件を解決へと導いたのが、白妃の政敵である楊家の蘭月だったことが、事態を複雑にさせていた。蘭月の手柄と認めることは、桂家自身で問題解決ができなかったと認めるようなものだった。

こう着状態が続く後宮のなかで、蘭月たちは忙しく毎日を過ごしていた。

「喬琳、まだ余っている器はあるかしら！」

「こちらにあります～！　今持っていきます！」

蘭月が喬琳や燕果にあげた『紅蘭華』。それがどんどん噂《うわさ》になり、他の後宮妃の侍女までがこっそりと蘭月の口紅を求めるようになっていったのだ。

（お代はおやつでいいと言ったものの……こんなに依頼が殺到するとは思わなかったわ）

気づけば何十個も依頼を受けていたことに気づき、蘭月は材料たちの前で苦笑する。求められるのが嬉しくて、ついつい引き受けすぎてしまった。一心不乱に口紅づくりに精を出しているうちに、いつの間にか日が暮れていることも多い。ここ最近は、後宮妃らしからぬ生活をしていた。

「蘭月さま、そろそろ休まれてはどうですか？」

夜も更け始めた頃、作業が一段落したところに、喬琳が声をかける。

「そうね。でも今依頼を受けているものはすべて作ってからにしようと思って」

本音を言えば、できるだけ忙しくしていたかった。忙しくしていなければ、いろいろなことを考えてしまう。

「ここに、白沢さまの分のおやつと、蘭月さまのお夜食用の桃饅頭《ももまんじゅう》を置いていきますよ」

「ありがとう、喬琳。助かるわ」

蘭月の本音をくみ取ったのか、喬琳は静かに食べ物だけを置いて去っていく。

「よし、もうひと踏ん張り頑張りましょう！」

手にした相手の一日が、少しでも幸せになるように。口紅を塗ることで、少しでも自分のことが好きになれるように。

口紅で彩ることができるのは、誰かの些細《ささい》な日常かもしれない。それでも、化粧の力を蘭月は信じたい。化粧によって蘭月は人生が変わった。最初は痣《あざ》を隠すためだけの化粧が、やがて蘭月の内面を強くし、そして自信になった。

見た目のためだけではない。心をも彩るために、化粧があるのだ。

(平民も貴族も関係ない。明日を生きるための自信になるように。受け取った相手の幸せのために、頑張るのよ。蘭月……！)

自分の顔を叩いて気合をいれ、蘭月はまた口紅づくりに勤《いそ》しむのだった。

そして夜が明ける頃、やっと口紅づくりが一段落した。

「……っ、終わっ……た……！」

蘭月は几《つくえ》に突っ伏した。ちゅんちゅんと鳥のさえずりがどこかから聞こえる。

燭台の蠟燭《ろうそく》はいつの間にか小さくなり、弱弱しい光を漏らしている。窓からは朝日の透明な光がこぼれ落ち、いつの間にか夜が明けていることを示していた。

「朝、なのね……」

突っ伏した姿勢のまま、蘭月はつぶやく。

(疲れたけど、よかった)

几《つくえ》の上に勢揃《せいぞろ》いしている、蘭月手作りの『紅蘭華』たち。どの口紅も、渡す人の顔を思い浮かべながら作った。少しでも喜んでもらえたら、頑張った甲斐《かい》がある。

（『紅蘭華』で、少しでも幸せな気持ちになってくれたら、こんな嬉しいことはないわ）

そう思いながら目をつぶろうとしたのとほぼ同時に、喬琳の声がした。

「蘭月さま！　おはようございます！　きゃぁぁ！」

几《つくえ》で突っ伏している蘭月を見て、喬琳から悲鳴があがる。のろのろと顔をあげると、喬琳はぷくりと頬を膨らませた。

「蘭月さま、また無茶しましたね?!」

「そ、それは……ごめんなさい」

つい気合が入ってしまい、いつの間にか時間が経っていた。集中すると周りが見えなくなってしまうのだ。

「ちゃんと休むのも大事ですよ。蘭月さまはいつも周りが見えなくなる」

目の前に置いてある道具たちをてきぱきと片づけながら、喬琳が言う。

姉や妹がいたならば、こんなものなのかもしれない、と半分眠りのなかに浸った頭で思う。

「そういえば、蘭月さま宛に書状が届いておりました」

「書状？」

たずねる蘭月に、喬琳は書状を渡す。押してある印を見て、蘭月は思わず口をへの字に曲げた。

「これは、兄さんね」

嫌々ながら手紙をひらくと、今日このあと蘭月を訪問するとだけ書いてある。

（たしかに、動くなら今がちょうどいいかもしれないわね）

白妃の一件もあり、政敵である桂家の勢いが削《そ》がれている状況だ。兄にとっては、楊家の勢力を広げるまたとない機会である。蘭月の力を少しでも借りたいだとか、そんな類の相談だろう。

（今の兄さんは、私には頭が上がらないはずだわ）

喬琳の実家と手を結ぶことで、桂家の勢いを削《そ》いだ。そのきっかけを作ったのは、蘭月だった。ただ、桂家のような大貴族が、これだけで崩れるとは思わない。

（白妃さまは、元気にしているかしら……）

あれから白妃には会えていない。ちくりと胸が痛みながらも、蘭月は口をひらいた。

「兄さんをもてなす準備をしておいてちょうだい」

はい、と返事をして喬琳はすぐにいなくなる。

蘭月の表情がこわばっていたことには気づいていたはずだが、気をきかせてか何も聞いてくることはなかった。

緑瑛はほどなくしてやってきた。

「やあ、蘭月。久しぶりだね」

「兄さん。よくお越しになりましたね」

形式上の礼を交わして、蘭月は対抗するように笑みを浮かべた。

以前、喬琳の実家の件を交渉するために、城下に居住を構える兄の元へと向かった。あの時は、祖父の右腕であった樹陵も一緒にいたが、今はひとりだ。

(大丈夫……大丈夫よ)

心のなかで、自分に言い聞かせる。

――もう、兄に虐げられるだけの自分はいない。兄と対等に話すことだってできる。

「あの後、妻が世話になったようだな」

ふう、と兄は大きなため息をついた。緑瑛の元へ商談をしに行った帰り、蘭月は義姉に会った。平民の女性に当たり散らす義姉を鎮めることができたのは、漣龍のおかげでもある。久しぶりに見た兄は、あの時よりずっとくたびれて見えた。

「あれはたまに、ああやって揉《も》め事を起こすのだ」

緑瑛はため息をつく。

「義姉さんを選んだのは、兄さんです」

率直に言えば、兄は図星だと言うように、眉間に手をやった。

「そうだな。蘭月の言う通りだ」

兄が自分の言うことを素直に聞いたことに、蘭月は驚いた。

「あの後、樹陵からもこってり怒られた。なんと言えばいいのだろう……俺は、これまで蘭月との接し方を間違っていたらしい」

兄はすまなかったと頭を下げた。何が起こっているのか理解できず、蘭月は固まった。

「兄さん？」

「俺は、蘭月の商才が羨《うらや》ましかったんだ」

うなだれたまま、ぽつりと兄はつぶやく。

「蘭月にあるものが俺にはない。それが、本当に悔しかった」

血を吐くように、兄は告白した。兄は、ずっと苦しんできたのだろう。これまで、一度も気がつかなかった。

「ですが、兄さん。私だって最初からこうだったわけではありません」

蘭月の反論に、兄はぴくりと肩を震わせた。

「兄さんになくて私にあったものは、醜い痣《あざ》です。痣《あざ》のせいで、父さんにも兄さんにも疎まれた。そんな私を、おじいちゃんが救ってくれた。おじいちゃんに認められたくて、私は必死に勉強した。私だって家族の一員だと、認めて欲しかった」

「それは……」

緑瑛は口ごもる。

「今もまだ、怖い。醜い私が前に出ることで、また傷つけられるのではないかと」

膝の上に置いていた手をぎゅっと握る。

「でも、少しずつ克服できるようになりました。痣《あざ》という私の欠点《コンプレックス》を隠すために、化粧を覚えました。化粧のおかげで、私は好きな自分になれた」

語尾が震えた。大きく息を吸って吐く。

「兄さんにされたことを、すべて許すことはできません。それでも、兄さんが変わろうとしているのであれば、私も少しずつ変わろうと思います」

兄妹いつまでも憎み合うのは、悲しいことだ。昔はわからなかったことも、今ならわかる。兄の心境を知ったことで、少しは兄を近くに思えた。

蘭月の言葉に、兄は深々と頭を下げた。厳しく引き締まった表情を見て、安堵《あんど》する。

蘭月の本心は、きっと伝わっただろう。

「それで、謝るためだけに後宮に来たわけではないですよね」

政治に携わる兄は忙しい。私情のためにここまで来たとは思えず、蘭月はたずねた。

「本音を言えば、そうだ」

ぎこちなく、兄は口をひらく。

「つい先日、要人の夫人たちからとあるものをせがまれたんだ。お前が直々に作った口紅が、後宮内外で有名になっているそうじゃないか」

「え?」

思わず蘭月は聞き返した。

「兄さんの耳まで届いているということですか?」

「あぁ。いくつか作って欲しいと思ってな。それと……『美蘭堂』を、再開しないか。後宮でこれほどまで人気になったのだ。やめるのはもったいない」

夢にまで見た言葉に、蘭月は思わず言葉を失った。

「本当、ですか?」

「あぁ。お前に『美蘭堂』を返す。俺がただ握っていても、仕方ない。悔しいが、お前がここまで作りあげたものだ。これ以上成長させるには、お前の力を借りるほかない」

歓喜に胸が震える。時間はかかってしまったが、自分の力を認めさせることができた。『美蘭堂』の販売を心待ちにしてくれていた人たちに、良い知らせを届けることができる。『美蘭堂』が再開したら色んな商品を作りたいと思っていた。あれもしたい、これもしたい。頭のなかに新商品が浮かんでくる。蘭月は胸が高鳴るのを止めることができなかった。

「任せてください。『美蘭堂』をもっと大きくしてみせます」

いきなり普通の兄妹のようにはなれないかもしれない。

だが、こうして仕事の相手として信頼を積み重ねていけば、いつかは心から許せる日がくるのではないか。蘭月はそう思った。

第四章　時を越えて

兄の訪問でどっと疲れてしまった蘭月は、しばし休憩をとるつもりが予想以上に時間が経ってしまい、漣龍への定期報告に遅れてしまった。急いで化粧を落として向かったが、特に咎《とが》められることもなく、いつも通り漣龍たちが華月の訪れを待っていた。

「今日は少し遅かったですね」

青海に言われ、蘭月は首をすくめた。

「申し訳ございません」

「いえ、いいのです。ほら、こうして漣龍さまも書類をさばけましたし」

「青海。私にだって休みの時間ぐらいあってよいと思うが」

「それは失礼いたしました。しかし、漣龍さまに処理していただきたい書類がまだ大量に残っているのも事実です」

目の前で繰り広げられている軽口の叩き合いに、なぜかほっとしている自分がいる。漣龍から大切な存在だと言われたことを、蘭月はまだきちんと咀嚼《そしゃく》することができていなかった。自分が漣龍にからかわれているのではなければ、先日の言葉はすべて、自分が都合よく生み出した幻なのではないかと思ってしまう。漣龍のことを、ずっと前から知っていたような気がしていることも、心にひっかかっていた。

「華月が困っているぞ、青海」

どうしたらいいかわからずにいる蘭月を見て、漣龍は苦笑して言った。

「それは失礼いたしました」

青海がそう言って、側を辞す。漣龍も書状から顔をあげ、蘭月を見つめた。その瞳は柔らかく慈愛に満ちた眼差《まなざ》しそのもので、なぜだか泣きたくなるほど嬉しくなる。

「そなたの主人の兄が来たぞ」

「こちらにもいらっしゃいました」

「なんだか似ていない兄妹だな」

「……」

それもそうだ。化粧ですべてを隠している蘭月とでは、あまりに顔が違いすぎる。

それを抜きにしても、蘭月と兄は似ていないとよく言われていた。

「緑瑛どのから聞いたぞ。蘭月どのは口紅を作られているとか」

「はい。蘭月さまのご趣味なので、私たちも手伝うことがあります」

「日々の仕事のほかに口紅づくりをして、辛くないか？」

「いえ！　むしろ気分転換になっています！」

漣龍を心配させないようにと、蘭月は元気に答えた。

「そうか。他に、何か困り事は？」

「そうですね」

ぱっと頭のなかに浮かんだのは、兄に乞われて作る口紅の件だった。貴族のご令嬢たちに喜んでもらえるように、いつもとは違う薬草もいれようかと考えていたのだ。その薬草をどうやって手にいれたらいいのか。貴重なものゆえに、迷っていたところだった。

それを漣龍に言ってどうするのだ、と蘭月は口ごもる。しかし、漣龍は目ざとくそれに気づき、続きを話すように勧めた。

「実を申しますと……口紅づくりに使いたい薬草がなかなか手に入らなくて」

「なんだ、そんなことか」

取り寄せればよいだろう、と簡単に言ってのける漣龍に蘭月は懇願する。

「なかなか採れない貴重な薬草なんです」

「では、私の山にでも行けばよい」

「私の山？」

漣龍の言葉に、蘭月は思わず聞き返した。

「私が所持している山だ。そこなら、人の手が入ってないから、何でも残っているだろう。久しく向かっていないからちょうどよい。華月。私の供になってくれないか」

「漣龍さまの山ということは、皇領ですよね？　そんな貴重な山の薬草なんて、使えません！」

「だが、口紅づくりはそなたたちの楽しみのひとつなのだろう。皇領にあることで納得のいく口紅づくりができなくなるとなれば、私も悲しい」

「漣龍さまもこう申していますし、どうでしょうか？　華月どの」

青海にまで頼まれて、行かないとは言えない。蘭月は首を縦に振るしかなかった。

＊＊＊

漣龍と山へ行くと約束してから、何日か雨が降る日が続いていた。今日も漣龍と出かけられないのかと、朝が来るたびに残念に思っていた。最初は漣龍にすっぴんを見せるのは気が引けたものの、今は最初ほど抵抗はない。やっと晴れた日、いつも通り、華月としての化粧を施し、蘭月は白沢とともに、皇領へと向かったのだった。

「白沢さま、大丈夫ですか？　とげとげの枝もありますから、気をつけてくださいね！」

目の前を走り出す白沢に、蘭月は声をかけた。あーい、と特に気にしていないだろう返答が返ってきて、蘭月は苦笑する。後ろにいる漣龍を振り返ると、これまでに見たこともない優しい表情をしていた。

「漣龍さまも、気をつけてくださいね」

蘭月たちがやってきたのは、宮中からほど近い山のなかだった。皇領とはいえ、特段人の手が入っているというわけではない、獣道ばかりだ。

青海もつけずにふたりでこの山道を歩いていて大丈夫だろうかと、今さらながら不安がよぎる。

祖父に猿のようだと言われたこともある蘭月ならともかく、漣龍はさぞ歩きにくいだろう。そう思って声をかけると、漣龍はちらりと横目で蘭月を見て苦笑した。

「自分の庭で怪我をする者がいるか」

「私は、自分の庭で怪我したことありますよ？」

小さい頃、自分の庭の木から下りられなくなって、落ちたことがあった。あの時は、木にかけていたはずのはしごを兄に外されて、それでもどうしても自力で下りようとしたのだった。

今思えば、兄も兄だが蘭月も蘭月だ。もっと人に頼ればよかったのだろうが、誰かに頼ることが許される自分ではないと思っていた。

「そなたはかなりお転婆《てんば》娘だったのだな」

そう言って、漣龍は蘭月の目の前に伸びていた木の枝をはらう。こういう仕事は、背の高い漣龍のほうが適任だ。そうは思うものの、皇帝である漣龍にこんなことをさせてもよいものかという困惑はある。

「ありがとうございます」

「礼はいい。私はそなたたちの求める草がよくわからん。代わりに枝をはらうことぐらいしかできないからな」

「それだけで、とてもありがたいです」

そう言って見あげると、漣龍の顔色が少しだけ赤くなったように見えた。いつもの装飾たっぷりの服ではなく、簡素な服を着ていたとしても、漣龍の輝くような美しさは衰えていない。むしろ、服が簡素だからこそ、美しさがより引き立っているようにも見えた。

漣龍のおかげもあり、薬草摘みは滞りなく進む。日が傾き始める頃には、持参していた籠はいっぱいになっていた。

「これだけあれば、当分は困らないはずです」

入りきれないぐらいの薬草でいっぱいになった籠を持ちあげて漣龍に見せると、まったく疲れを見せずに漣龍は微笑む。

「それはよかった。しばらくぶりに散歩したが、やはりここは良い場所だな」

「昔から散歩しに来ていたんですか？」

好奇心に駆られて聞けば、漣龍は頷く。

「幼い頃にはよく来ていたな。ひとりで考えるのに、この山はちょうどよい。そうだ。もう少し歩くと、景色の良い場所があるぞ」

そう言って漣龍が導いたのは、山の中腹あたりにある木のないひらけた場所だった。邪魔な枝葉がないおかげで、宮中を一望できる。

「白沢さま、行きすぎては危ないですよ」

ぴょこぴょこと前を走り回る白沢に声をかけて、蘭月はいい景色をたっぷりと目に焼きつける。夕暮れが始まりかけた淡い橙《だいだい》色の濃淡に、思わず感嘆の声を漏らした。

「……とても綺麗な場所ですね」

「あぁ。ぜひそなたに見せたかった」

ゆっくりと暮れていく空を眺めながら、蘭月は漣龍とともにしばし景色を楽しむ。

「後宮をこうして上から見た者は、そなたが初めてだな」

「それは光栄です。ここから見ると、後宮って小さいんですね」

四方を壁に囲まれた皇帝の籠が後宮だ。頭ではわかっていたものの、こうして上から見ると実感として迫ってくる。

「そうだな。城も小さく見える」

「さすがに皇城は大きく見えますが……」

「それはそなたが皇城に対して恐れを抱いているからではないか」

そう言って、漣龍は苦笑した。

「それは、そうかもしれません」

蘭月にとっては、皇城未知の世界だ。常に仮面をつけて自分の気持ちを見せないような人たちが、たくさんいるのだろう。そんな相手と日々渡り歩いている漣龍は、辛いと思うことはないのだろうか。ふと聞きたくなって、蘭月は口をひらく。

「漣龍さまは、もう嫌だ、抜け出したいって思ったことはありますか？」

「そうだな。小さい頃は、自分に課せられた運命が嫌で嫌でたまらなかった。……もう折り合いはつけたが、なぜ自分が皇帝にならねばならないのだ、と喚《わめ》いたものだ」

昔を懐かしむように、しみじみと漣龍は言った。

「人と私では、生きる時間が違う。私にとっては短い時間も、人にとっては長い時間だ。そのことが理解できずに、なんて多くの時間を無駄にしたのだろう。それに気づいてからは、自分の運命も受けいれられるようになったな」

「漣龍さま」

漣龍にとっては、蘭月と出会ったことも、長い時のなかの一瞬に過ぎない。

蘭月が死んだあとも、漣龍はずっとこの先も皇帝としてあり続けなければならない。漣龍の御代のすべてを見ることは叶わないとしても、漣龍の記憶の一片になれるだけで、それは幸せなことだと、蘭月は思った。

「漣龍さまの御代が幸福であふれたものになりますよう、陰ながら祈っております」

そう言いながら、今にも泣いてしまいそうなぐらい、胸が苦しかった。うまく笑えた自信がなくて、蘭月は思わず顔を背けた。

漣龍の顔を見ることができないまま、蘭月はそろそろ帰りましょう、と告げる。名残惜しいが、美しい夕暮れの空もこれで見納めだ。

「やっと帰るの？　ぼく、疲れたよ」

とてとて、と近寄ってきた白沢を抱きあげる。

「いっぱい走り回ってましたからね。疲れるのも無理はないです」

ずしりと重たい白沢の身体には、たくさんの葉っぱや実がくっついている。もともとの白い毛も、なんだか薄汚れて見えた。

「白沢さま、帰ったらお風呂に入りますよ」

「ええ。いやだ。だって寒いもん」

「ちゃんとお湯を用意してあげますから。ね？」

「うーん……ぼく濡れるのあんまり好きじゃないんだよなぁ」

「白沢さまの好きな桃饅頭《ももまんじゅう》もご用意します！」

「え、桃饅頭《ももまんじゅう》⁈」

きらきらの瞳で見あげてくる白沢に、蘭月は大きく頷いた。白沢のためなら、喬琳は何でも用意してくれるだろう。

じたばたする白沢を一緒にお風呂にいれてくれるはずだ。お湯に濡れて毛がしぼむ白沢を想像して、蘭月は思わず笑い声を漏らした。

「華月は白沢どののことを完全に理解しているようだな」

「白沢さまのことが好きですから、当然です」

「れんりゅうとは違うからな！」

にひひ、と白沢は漣龍に向かって笑った。一瞬、漣龍と白沢との間に火花が散ったような気がするのは気のせいだろうか。心なしか、漣龍の周りの空気がすうっと冷たくなった気がして、蘭月は焦って話題を探す。

居心地が悪くなったのか、もぞもぞと白沢は蘭月の腕の中から抜け出してしまった。

「あ、あそこに綺麗な花が咲いてますよ！」

視線を向けた先には、崖際に咲く白い花があった。蘭月の手のひらよりも大きい花弁は、まるで雪のように白い。繊細な白い花弁が幾重にも重なっている様子は、ぼうっと銀色に輝いているように見えた。

「あれは」

漣龍が息を呑《の》んだ。

「知っているんですか？」

「皇家に伝わっている伝説の花だ。銀龍花《ぎんりゅうか》という。どんな傷も病気も治してしまうと聞いている」

（もし、どんな傷も治すのであれば……）

蘭月の頬にある醜い痣《あざ》。幼い頃から蘭月とともにあるそれをも、治してくれるのだろうか。この痣《あざ》さえなければと、思い続けてきた。痣《あざ》が綺麗さっぱりなくなれば、今とは違う人生を送れるのにと、何度自分の運命を呪ったかわからない。積年の願いを叶えてくれる花が目の前にあると思うと、無意識のうちに足が前に進む。

「華月、危ないぞ」

漣龍の声も気に留めずに、花に向かって手を伸ばした。崖際といえど、少しぐらいなら大丈夫だろう。その一瞬の油断が祟《たた》ったのだろう。

――ぐらりと、地面が揺れた。

「きゃっ……⁉」

地面が崩れたことに気づいたのは、一拍遅れてだった。ふわりと浮遊感があり、足元の土砂ががらがらと崩れていく。それと同時に、誰かに蘭月の腕は掴《つか》まれた。

崖から落ちかけた蘭月を、漣龍の腕だけが支えているのだと、真っ白になりそうな頭で気づく。

「華月っ！　目の前の岩に足をかけられるか」

「れ、漣龍さま。わ、たし」

高いところは平気なはずなのに、まったく手足が動かない。蘭月を支える漣龍の腕が震えているのを、愕然《がくぜん》としてただ見ている。

このまま死んでしまうのだという恐怖より、漣龍を道づれにしてしまうことのほうが怖かった。いくら漣龍が龍の血を引いているとはいえ、この高さから落ちては助からない。そして、このまま蘭月を支え続けることができないこともわかっていた。

（漣龍さまだけでも、助かる道は――）

それは、この手を離すことだ。

そうすれば、漣龍だけでも生きて帰れる。そう思いはするのに、心とは裏腹に手は思うように動かない。この手を自らの意志で離すことはできなかった。

「生きることだけ考えろ。目の前の岩に少しでも体重をかけるんだ」

厳しい漣龍の叱責に、はっと我に返る。

（私、生きたいと思っているんだ）

そう気づいたら、あとは力を込めるだけだった。支えてくれる漣龍の身体を信じて、ぐっと目の前の岩に足をかける。それとほぼ同時に、漣龍が引きあげてくれた。

ぜぇぜぇと荒い息を吐きながら、ふたりは安全な場所で倒れ込む。慌てて白沢が駆け寄ってくるのが視界の端に見えた。

「……生きた心地がしなかったぞ」

「わ、私もです」

腰が抜けてまったく立てる気がしない。へたり、と座り込んだまま荒い息を繰り返す。無意識のうちに握りしめていた花は、淡い銀の光を辺りに灯している。それを見て、日が暮れていることにあらためて気づいた。

「立てるか？」

漣龍の言葉に、蘭月は素直に首を横に振った。そうか、とつぶやいた漣龍は、では掴《つか》まっていろと声をかけて、蘭月を横抱きにする。

「れ、漣龍さま！」

「よいから掴《つか》まってろ」

「……」

間近にある漣龍の顔を見ることができない。やっとおさまってきたと思った心臓が、またうるさく音を立てている。

顔が熱い。

蘭月はうつむいたまま、漣龍にされるがままになる。心臓はこんなにうるさく音を立てているのに、漣龍の温もりが嬉しくて、ただこの時を噛みしめていた。

一日の冒険を終えて、蘭月は自分の宮へと帰ってきた。

侍女華月としての時間は終わり、後宮妃蘭月としての時間がまた始まる。部屋に戻り、いつもの化粧を施す。今日は、他の後宮妃から夕食に誘われているのだ。

兄が言った通り、蘭月の口紅の噂《うわさ》は広まっているようだった。後宮入りした当初はあれだけ煙たがられていた蘭月だったが、ここ最近は自分にも口紅を作ってくれないかと頼んでくる後宮妃も多い。

白妃と蘭月の仲が修復されたように見えることも、その噂《うわさ》を広める一因となっているのだろう。これまで白妃の怒りを恐れて蘭月と関わらないようにしていた者たちも、遠慮する必要がなくなったというのも大きいはずだ。

白妃との間にあった見えない壁が壊されていくのは、内心とても嬉しかった。

鏡の前で入念に準備をし、蘭月はそっと銀の花を手に取った。銀の光を見ると、漣龍のことが頭に浮かぶ。漣龍に抱きあげられたときの胸の高鳴り。誰よりも漣龍の側にいられたこと。今も頭がふわふわしていて、夢のようだった。

「白沢さま、本当にこの花はどんな傷も病も治してしまうのですか？」

ふと寝ている白沢に声をかけると、白沢は顔をあげた。

「そうだよ、と言ったらきみはどうするの？」

片目だけをあけたまま、蘭月を試すかのように白沢は見つめる。

「本当、ですか」

「ぼくが嘘《うそ》なんて言うわけないでしょ」

「では、本当なんですね？」

念を押すと、白沢はぷいとそっぽを向く。

（きっとこの花の効能は、本物なんだわ）

全知の存在である白沢が言うのだから、本当に違いない。

（これで、私の痣《あざ》も消すことができる？）

一生ついて回るのだと覚悟していた痣《あざ》を消すことができる。魔法のような花を眺めて物思いにふけっていたとき、ばたばたと足音を響かせて喬琳がやってきた。

「どうしたの、喬琳。そんな顔をして」

「ら、蘭月さま大変です！　白妃さまが、倒れたと――」

ふわふわとした気持ちから一転、奈落の底に突き落とされたようだった。

「香苺さまは、ご無事なの？」

「わかりません。私も先ほど聞いたのです。蘭月さまに早く知らせなきゃと焦っていて」

「わかったわ。今すぐ行きましょう」

蘭月は喬琳にそう宣言して、白妃の倒れたという菊花宮へと向かった。

事件により侍女が減らされた菊花宮は、ひっそりとしていた。前回訪れたときには煌々《こうこう》としていた灯りもなく、わずかに要所に篝火《かがりび》が灯るのみ。不気味なほどの静けさに、白妃の元に向かう脚は急《せ》くばかりだった。

駆け込んだ白妃の部屋には、侍医が何人か集まっていた。侍医の命令に応じて、侍女たちが入れ代わり立ち代わり、水や薬を持ってくる。怒号さえも響くなか、この場に入っていいのか尻込みをして、そしてそれでも一歩前に進んだ。

気合をいれて、拳を握りしめ部屋の中に入る。蘭月を見つけた侍女のひとりが、蒼《そう》白《はく》な顔をして近づいてくる。

「蘭月さま、わざわざお越しくださり――」

「香苺さまの体調はどうなの？」

侍女の挨拶を遮って、単刀直入にたずねる。

「よくありません。侍医たちが懸命に治療をしておりますが、このままでは命を落とす危険もあると」

蘭月は息を呑《の》んだ。

「どういうこと？　香苺さまに、何が起こったの」

「侍医たちによると、香苺さまは毒物を摂取されたとのことです。部屋の中には割れた茶器がございました」

「香苺さまが、ご自身で毒をあおったということ？」

「わかりません」

そう言って、侍女は口を閉じた。つい質問責めにしてしまったことを謝り、蘭月は一歩白妃に近づく。寝台に寝かされている白妃の顔は、土気色で、苦悶《くもん》の表情を浮かべている。ひゅう、ひゅうとなる呼吸音は、今にも止まってしまいそうだった。

（香苺さまが、自死を選んだ？）

蘭月には、信じられなかった。

たしかに、今回の事件で白妃が誰かに疎まれていることは明白になった。白妃のこれまでのおこないが、侍女たちを焚きつけたという見方もできる。しかし、白妃自身がそれを苦にして自死を選ぶとは思えなかった。

蘭月が菊花宮に泊まった日の夜のこと、桂家の人間であることを、誇りに思うと言った白妃のことが、思い浮かぶ。少し声を潜めて、それでいて芯の強さを感じる声だった。

（香苺さまが自死を選んだわけではないのだとしたら）

それは、誰かが白妃を亡き者にしようとしたということだ。すぅっと蘭月の頭が冷えていく。

白妃は、毒物を摂取していたと言った。白妃を殺すという明確な意志を持った者が、白妃に近づいたということになる。その誰かによって、白妃の命が奪われるのは許せなかった。

（これがあれば、香苺さまを助けられる？）

手のひらにぎゅっと握った銀龍花《ぎんりゅうか》。白妃が倒れたという話を聞いて、思わず持ってきてしまった。

どんな傷も、病も治してしまう花。

これがあれば、蘭月の痣《あざ》も治せる。胸に浮かんだ一抹の迷いを振り払い、蘭月は侍医に銀龍花《ぎんりゅうか》を差し出した。

「お願いします、香苺さまを助けてください」

「これは――銀龍花《ぎんりゅうか》⁈」

侍医のひとりが、驚きの声をあげた。

「この花は、どんな傷も病も治すと聞きました。香苺さまを救う力になるのであれば、これを使っていただけませんか」

蘭月の訴えに、侍医は重々しく頷く。

「正直のところ、今の私たちの技術ではどうにもなりません。伝説でも神話でも、縋《すが》るほかないのです」

「香苺さまの命を、どうかお助けください」

祈るように告げて、一歩退いた。これ以上、できることはない。邪魔にならないように、蘭月は部屋を出た。

その時だった——。

「あなたのせいで、香苺さまは！」

怒りに満ちた声とともに、蘭月の顔に熱いものがかかる。咄嗟《とっさ》に目をつぶったおかげで、目の中に入るのはすんでのところで避ける。

一拍遅れて、にぶい痛みを顔中に感じた。どろりと粘度の高い液体からは、煤《すす》のような香りがする。目をあけて、白妃の侍女——朱明が灯り用の油をかけたのだと悟る。

「蘭月さまに対して、このような仕打ち！」

咄嗟《とっさ》に朱明に噛みついた喬琳を制して、まずは部屋を出ることを優先する。そこで蘭月を囲んだのは、本来菊花宮を守っているはずの衛兵たちだった。

「白妃さまに毒を盛ったのは、あなたですね⁈　あなたが渡したお茶のなかに、毒が入ってたのだわ！」

「誤解だわ」

怒りに燃える朱明の顔を見つめて静かに告げるも、朱明は聞く耳を持たない。

「信じてたのに！　あなたなら、香苺さまのお心を解かせると……思っていたのに！」

「私は、香苺さまの敵ではない！」

必死で叫ぶも、朱明は衛兵たちに、蘭月を拘束するよう命令した。

「蘭月さま！」

「いいの、喬琳。冤罪《えんざい》だってすぐわかってくれるわ」

ここで暴れることで、白妃の治療に悪影響を及ぼすことが何よりも怖かった。

蘭月はなされるがまま、衛兵たちに連れて行かれた。

＊　＊　＊

水滴の音に、蘭月は意識を取り戻した。

蘭月が連れて行かれたのは、罪を犯した後宮妃が送られる場所――冷宮だった。石造りの牢屋は暗く狭い。はめられた鉄格子は頑丈で、蘭月の力ではびくともしない。

自力で脱出することは不可能だ。誰かに鍵をあけてもらう必要がある。

頭は冴《さ》えていたが、身体のほうが限界を迎え、いつの間にか眠ってしまっていたようだ。身体のあちこちに痛みを感じる。

朱明にかけられた油のせいで、顔だけではなく身体全体がベタベタだった。しょうがなく着ている服で顔を拭う。

本来ならば、後宮妃である蘭月がいきなり冷宮に送られることはない。しかるべき手順をとる必要があるが、桂家の力が働いたのだろうとぼんやり考える。

桂家は、蘭月が白妃を巡る事件の首謀者ではないかと前から踏んでいたのかもしれない。蘭月を冷宮送りにする機会をうかがっていたのだろう。

（香苺さまは、どうなったのかしら）

光のない牢からは、外の世界が何時なのか見当もつかない。最後に見たときの白妃の様子や侍医たちの言葉から、白妃が一晩を越すことは難しいと蘭月は覚悟していた。

もし、蘭月の持っていた銀龍花《ぎんりゅうか》が本物で、効果があったならば、白妃は一命を取り留めているはずだ。一方、銀龍花《ぎんりゅうか》の力が偽物ならば、白妃の命はすでに散っている。

悪い想像ばかりが膨らんでいきそうになって、蘭月は自分の頬をぱちりと叩いた。

（香苺さまは生きているって、私が信じなくてどうするの）

不安は胸にしまい込み、今の自分ができること――ここから出る手段について考えることにする。

（喬琳の手前、あんなことを言ってしまったけれど）

見張りの兵の姿さえ見えず、正真正銘の闇のなかだ。誰かの力を借りようとも、接触する手段がない。蘭月には近づかないように、とでも言われているのだろう。

(漣龍さまは、これを知ってどう思うかしら)

これまで、主に華月として漣龍と何度も関わってきた。知っている限り、漣龍は誠実な人だと思う。蘭月の訴えを聞くこともなく、処罰することはないはずだ。

蘭月が捕らえられたのは夜も遅い頃だった。まだ動きがないところから察するに、漣龍への報告は夜が明けてからと衛兵たちが考えたのかもしれない。

その時、牢の奥から足音が聞こえた。視覚が奪われているだけに、聴覚は研ぎ澄まされているようだ。耳を澄ましていると、兵とのやり取りののち、ふたり分の足音が近づいてきた。近づく灯りの眩《まぶ》しさに、蘭月は思わず目を瞬いた。

「蘭月さま!」

聞こえた声は、喬琳のものだった。鉄格子に駆け寄って、蘭月は眩《まぶ》しい灯りの先を見る。そこにいたのは、喬琳と——漣龍だった。

「蘭月さま、お身体は大丈夫ですか?」

蘭月に駆け寄った喬琳は、鉄格子越しに蘭月の手を取った。

「私は大丈夫。香苺さまは?」

「蘭月さまのおかげで、命を取り留めたとのことです」

「……っ、よかった」

ほっとした瞬間、身体から力が抜けて蘭月はその場に崩れ落ちた。

（よかった、香苺さまが無事で、本当によかった……）

じわり、と目に涙が浮かぶ。白妃の命が助かったことが、心の底から嬉しい。

「……ということだ。桂家はそなたを処罰するよう求めているが、白妃の命を救った張本人を処罰できるはずがない。この侍女からも、当時の状況は聞いている」

低い声で漣龍は言った。

やはり桂家が蘭月の処罰を求めているのだ。しかし、蘭月が処罰されたとしても何も解決しない。

後宮から蘭月がいなくなったとしても、首謀者は見つからないまま。白妃がまた命を狙われるかもしれない。もう二度と、白妃の身を危険に晒《さら》したくない。この後宮で、忌まわしき事件が起こることだけは、避けたかった。

「漣龍さま。事件の首謀者を、私に見つけさせていただけませんか」

暗い牢の中、蠟燭《ろうそく》の灯りに照らされた漣龍の銀の髪がさらりと揺れた。

「ということは、そなたは首謀者が誰か、わかっているのか」

「いえ、わかりません」

素直に答える。

「しかし、このままでは香苺さまの命がいくつあっても足りません。きっと首謀者は、私が牢にいれられたと知って油断しているでしょう。今なら、きっと尻尾を見せるのではないかと思います」

「ふむ。それだけの自信がある、ということか」

自信がある、と言えば嘘《うそ》になる。ただの執念と言うべきものかもしれない。それでも、自分がやらなければならないと思った。

漣龍が、一歩蘭月に近づく。蘭月の感情まですべてを見透かすような瞳で、じっと見つめられている。

灯りが揺れた瞬間、蘭月ははっと気づく。今の蘭月は油まみれ——ということは、これまで蘭月の素顔を隠していた化粧は、ほとんど落ちているということだ。

もちろん、これまで隠し通してきた痣《あざ》もすべて、漣龍の目の前に晒《さら》されている。

灯りから逃げるように、蘭月は顔を背けた。これまで誰にも見せてこなかった、大きな顔の痣《あざ》。化物と言われ、自分でもその通りだと思った。醜いその痣《あざ》がある限り、心から自分を好きになれる日は来ないだろう。

引き攣《つ》れたような痛々しい赤紫を、漣龍に見られているという事実が受けいれられず、蘭月はきつく唇を噛んだ。

漣龍は気づいただろう。蘭月が、華月だということに。これまで漣龍を欺いていたことも、すべて今漣龍の前に暴かれている。

「……これまで黙っており、申し訳ございませんでした」

震える声で謝罪する。下げた視界に見えるのは、漣龍の履物だけ。漣龍がどのような顔をしているかわからないまま、蘭月は震えながら頭を下げ続ける。

「楊蘭月。そして、華月。頭をあげよ」

言われた通りに頭をあげると、どこか困ったような漣龍の表情がある。

「最初から、華月と蘭月は同一人物だと、気づいていたのだ。気づいたうえで、あえて騙《だま》されていた。そう言ったら、そなたは怒るか」

「そんなことは……ございません」

「そなたのことを、もっと知りたかった。そなたがなぜ自分を偽るのか、その理由を知りたかった」

そうして、漣龍はふいに泣きそうな表情になる。憂いを帯びたその顔の美しさに、蘭月は息を呑《の》んだ。

鉄格子越しに、漣龍は蘭月の頬に触れた。

一番醜い――痣《あざ》をいたわるような手。

「やめてください、こんなに、醜い――」

「醜くなどない」

強い漣龍の否定。

「やっと、そなたのことを知ることができたような気がする」

そして、優しい声。

ぽろりと、蘭月自身も気づかぬうちに、涙がこぼれた。そのひとしずくをすくうように、漣龍は微笑む。

「そなたを見せてくれたこと、感謝する」

瞳からこぼれ落ちる涙は止まらず、漣龍に見守られるまま、蘭月は泣いた。ずっと見せてはいけないと思っていた。

家族からも疎まれた痣《あざ》。この痣《あざ》さえなければと、ずっと呪い続けたそれを、受けいれてくれる人がいることが、こんなにあたたかいなんて、思ってもみなかった。

蘭月が泣きやむまで、漣龍は何も言わないまま、蘭月に寄り添ってくれた。凪《な》いだ海のように静かな慈愛に満ちた瞳を見あげて、蘭月は微笑んだ。泣き顔なのか、笑い顔なのかわからない顔だったと思うが、それでいい。

「漣龍さま。ありがとうございます」

私を、受けいれてくれたことを。心のなかでつけ足して、蘭月は笑った。

牢の中には、再び沈黙がおりる。

「漣龍さま。もし許していただけるなら、ひとつ策があるのです」

蘭月は口をひらいた。

「この通り、私の素顔は喬琳と漣龍さましか知りません。この顔でならば、誰にも怪しまれずに動けると思います。もし、首謀者を見つけられなかったときには、またこの牢へ戻ります。ですから、私に三日時間をください」

届けてもらった化粧箱を使って、喬琳に蘭月風の化粧を施す。喬琳たっての願いで、喬琳を蘭月として、この牢に残しておくことにした。傍《はた》から見れば、喬琳だとは気づかないだろう。

「喬琳、ごめんなさい。すぐに戻ってくるから」

「蘭月さまの力になれるのであれば、お安い御用です」

目の前にいる喬琳は、いつもの自分を鏡に映しているようだった。一部始終を眺めていた漣龍も、面白がって何度も見比べている。

最近は華月として過ごすことも多かったからか、侍女の服が体になじむ。

自分に薄化粧を施せば、まさか侍女と蘭月がいれ替わったとは兵士も気づかないだろう。侍女のふりをして、兵士の前を通り過ぎる時はどきどきしたが、兵士は蘭月を一瞥《いちべつ》しただけだった。外に出ると、すでに太陽は真上にあがっていた。

蘭月は漣龍とともに菊花宮へと向かう。蘭月ひとりでは怪しまれる場所でも、皇帝である漣龍が、白妃を見舞うのであれば怪しまれることもない。菊花宮は、静かに漣龍と蘭月を受けいれた。

白妃の容体は安定していて、後遺症も残っていないという。蘭月はほっと息を吐いた。漣龍が訪れたことを知ると、白妃は漣龍との面会を望んだ。漣龍とともに、白妃の部屋に通される。誰も、漣龍付の侍女だと説明すれば、誰も蘭月を疑う者はいなかった。

「漣龍さま、このような恰好でお会いする無礼をお許しください」

一晩ぶりの白妃は、昨日死にかけたとは思えないほど、元気そのものだった。顔色も良く、瞳はきらきらと瞬いている。やはり、白妃は自死を選んだわけではなかったのだ。

「よい。そなたが息災でよかった」

「私には勿体《もったい》ないお言葉です」

「そなたと話がしたい。人払いをしてもよいか？」

白妃は頷き、部屋の中には漣龍と白妃と蘭月の三人が残る。

「あの、そちらの方は？」

白妃は、訝《いぶか》しげに蘭月を見る。人払いをしたはずなのに、侍女が残っているのを不思議に思ったのだろう。

「香苺さま、私です」

　そう言って、蘭月は白妃に笑いかけた。白妃は目を丸くして蘭月を見つめる。あんぐりとあいた口がふさがらない様子の白妃に向かって、さらに言葉を続ける。

「騙《だま》してしまったようで、ごめんなさい。化粧で侍女に化けております」

「蘭月さま、なのね？　本当に？」

「はい。香苺さまがご無事で、ほっとしました」

「あなたのくれた花のおかげで助かったと聞いたわ。本当に、ありがとう」

　ぎゅっと蘭月の手を握って、白妃は礼を言う。手のひらから伝わるあたたかさを失わずに済んでよかったと、蘭月はどこにいるかもわからない神に感謝する。

「そなたが、息災でよかった」

　漣龍が繰り返し白妃をいたわる。白妃は目を潤ませて漣龍を見あげた。

「そのようなことをおっしゃっていただけるとは思いませんでした」

「そなたも、後宮妃のひとりだ」

　そう言い切って、漣龍は確信に迫る。

「そなたは毒物を飲んだと聞いた。その時の話を聞いてもよいか？」

　間近にいる漣龍の美しさに当てられてか、白妃は顔を赤くした。しどろもどろになりながら、口をひらく。

「わたくしにも、いつどこで毒物を飲んだのか、わからないのです。いつものように、夕食をいただいて入浴して、寝る前にまたお茶を飲んで……気づいたら、倒れていました」

「いつもと変わったところは？」

蘭月がたずねると、白妃は考え込む。

「変わったこと……と言っても、あの事件以来わたくしの宮の使用人の大部分が替わってしまいまして。知らない顔の侍女がいるなぁと思ったくらい、でしょうか」

「菊花宮の人員を管理しているのは、青海さんでしたよね？」

「そうだ。今は桂家お抱えの侍女はひとりだけで、それ以外はこちらで用意した侍女に当たらせている」

「昨日菊花宮で香苺さまの御世話をした侍女が誰かわかれば、何か手がかりを掴《つか》めるかもしれませんね。その侍女について、何か気になったことはありますか？」

「真っ白の、襦裙《じゅくん》を着ていたわね」

そういえば、と白妃は言う。

「綺麗な真っ白の襦裙《じゅくん》だったから、覚えていたの」

普通、侍女は白の服を好まない。というのも、侍女として雑用をこなすだけで、いや応なしに服が汚れる。汚れても何枚でも買い足せるほどの財力があるわけでもなければ、白を身につけることはしない。

「白妃。話を聞かせてくれたこと、感謝する。今はゆっくり休め。またあとで、ここを訪れよう」

「お待ちしております」

花が綻《ほころ》ぶように笑って、白妃は蘭月たちを送り出した。

（なぜ、あの方が香苺さまを害そうとするの？）

ひとり、心あたりがあった。しかし、なぜ彼女が白妃を害そうとするのか、理由がわからない。白妃がいなくなったとしても、彼女には何も利がない。

混乱した頭を抱えつつ、蘭月たちは青海の元へと向かった。

蘭月たちは事の顛末《てんまつ》を青海に説明した。すべてを聞き終えた青海は、大きな大きなため息をつく。

「蘭月さま。どうにか言ってください。漣龍さまに首を突っ込むなと」

「後宮妃の問題を解決するのは主たる私の務めだろう」

「ですが、人が殺《あや》められるような深刻な問題には関わらないでいただきたいのです。もし漣龍さまに何かあったらどうするのですか。と言っても、漣龍さまは聞きいれてくださらぬと思いますが」

さらにため息をついて、青海は手にしていた台帳をひらいた。

「しばらく、菊花宮にあらたな侍女は配置していません。そうすると、白い襦裙《じゅくん》を見につけた侍女が、菊花宮の新入りと見せかけて白妃さまに毒を飲ませたということになりますが?」

「そう考えざるを得ないな」

漣龍は考え込んだ。

白い襦裙《じゅくん》を着た侍女に、蘭月は心あたりがあった。とはいえ、根拠と言うには乏しい情報だ。

(何か、証拠が欲しい)

「青海さん……皇城から持ち出された生薬の帳簿を見せていただくことは可能でしょうか?」

ふと思いつき、蘭月は青海にたずねた。青海は目を瞬く。

「構いませんが、何か当てがあるのですか?」

蘭月は頷いて、青海から渡された帳簿を見る。皇城から持ち出された生薬は、こうして帳簿に記載する決まりとなっている。漣龍と青海ふたりに見守られながら、蘭月は中身を丁寧に確認していく。そして、ひとつの記載にたどり着いた。

「……白厳宮」

蘭月は小さくつぶやいた。そこに記載されている生薬は、附子《ぶし》。気を巡らせて、冷えを取り除くために使われる生薬だが、扱いを間違えると――毒になる。

それが白厳宮に持ち込まれた。

「白厳宮、か。そなたは桃麗が怪しいと踏んでいるのだな？」

漣龍は、凪《な》いだ海のような瞳で蘭月を見つめる。

「申し訳ございません、早計でした」

漣龍から見れば、桃麗は実の妹だ。妹を疑われて、気持ちよいわけがない。それに、桃麗がもし犯人だったとして、白妃を亡き者にしようとする意味がわからない。桃麗は後宮妃ではない。したがって、白妃と寵愛《ちょうあい》を競い合う必要もないのだ。

「よい。まだ決まったわけではない。桃麗が怪しいと考える理由を教えて欲しい」

「香苺さまの言った白い襦裙《じゅくん》の侍女に、私も見覚えがありました。以前、桃麗さまにお会いしたとき、初めて白厳宮に足を踏みいれました。白厳宮に仕える侍女たちは皆、純白の襦裙《じゅくん》を身につけておりました。私も、珍しいことなので覚えていたのです」

「青海、桃麗の宮では白い襦裙《じゅくん》を身につけているのか？」

「申し訳ございません。桃麗さまの宮は、尚書《しょうしょ》である私の管轄外です」

「……それで？」

漣龍が蘭月に続きを促す。

「先ほどの帳簿に記載されていた生薬――附子《ぶし》ですが、別名を鳥兜《とりかぶと》と言います。使い方を間違えれば猛毒になります。生薬として使われるものであるため、香苺さまも口に含んだ際に気づかなかったのでしょう」

「なるほど。鳥兜《とりかぶと》か」

「鳥兜《とりかぶと》の致死量は少ない。そして、この帳簿を見る限り、桃麗さまはまだ鳥兜《とりかぶと》を持っているのではないかと思います。桃麗さまが鳥兜《とりかぶと》を所持している事実があれば、桃麗さまに疑いをかけられます」

「桃麗の宮を探させよう」

「漣龍さまの命が下れば、きっと桃麗さまはその前にお隠しになるのではないかと思います」

「では、どうするのだ？」

「桃麗さまの侍女に扮《ふん》して、鳥兜《とりかぶと》を探すのです」

「それは危険すぎる」

語気を強めた漣龍に、蘭月は微笑む。

「私には、桃麗さまがあのようなことを起こすとは思えません。でももし、桃麗さまがおこなったのであれば、きっと何か事情があるのだと思うのです。その意図を、私は知りたい」

「ならば、私も向かおう」

「そうおっしゃってくださるのは嬉しいのですが、漣龍さまがいたら、警戒されてしまうかもしれません」

ただでさえ光輝く美貌を持っているのだ。漣龍がいたら、目立って仕方ない。

（でも……ひとつだけ、良い方法があるわね）

思いついた考えを口にしようか迷う。きっと漣龍は嫌がるはずだが、漣龍の願いも、蘭月の願いも叶えられる方法だ。いちかばちか、蘭月の考えを話すと、蘭月の予想に反して漣龍は喰《く》いついた。

「漣龍さま、ついてきてくださいね」

蘭月は漣龍に耳打ちする。美しい娘に扮《ふん》した漣龍は、居心地が悪そうに――でも何も言わずに蘭月の後ろについてくる。もともと中性的な美しい顔をしている漣龍だけあって、化粧を施すと少し背の高い美女にしか見えなかった。

蘭月の策というのは、漣龍とふたりで侍女に扮《ふん》して桃麗の宮――白巌宮に乗り込むというものだった。これなら、漣龍も蘭月の近くにいることができる。てっきり、断られるものとばかり思っていたが、漣龍はそれで蘭月の身を守れるならば、と甘んじて受けいれてくれた。

美しい顔に化粧を施すのは緊張したが、満足のいく出来だ。

銀の髪はまとめて布で巻いて隠しているものの、隠しきれない気品が出てしまい、後宮妃にしか見えないのは誤算だった。

声だけは変えられないため、何かあったときには蘭月が対応するか、もしくは漣龍曰く「拳で黙らせる」しかないのは、気をつけなければいけない点だ。

白厳宮の裏口に潜入したふたりが目指す先は、薬があると思われる蔵の中だった。

漣龍の権限により、白厳宮にある蔵の鍵は手にいれている。

兵士たちが巡回するなか、蘭月たちは念願の蔵に足を踏みいれた。丁寧に整理されているのだろう、上に設けられた窓から光が差し込み、蔵の中は明るい光で照らされている。重たい扉を閉め、漣龍とふたり息を吐く。

「鍵さえあれば、たどり着くのは簡単でしたね」

「鍵さえあれば、な」

「青海さんに感謝ですね」

一時間だけですからね、と念を押す青海の顔を思い出す。何かあったときのため、今も白厳宮の外では、青海の配下の者たちが待機している。漣龍の兵ではないため、桃麗にも気づかれないはずだった。

所狭しと置かれた調度品の数々に、蘭月は思わずため息をつく。蘭月の目利きによると、ここにあるものはほとんどが名品中の名品だ。高価な壺や、装飾の施された剣。これだけの芸術品に囲まれて過ごすことができたなら、どんなに毎日楽しいだろう。

調度品に気を取られそうになりながら、蘭月は薬がしまわれているはずの棚をひとつひとつ物色していく。生薬として使われる附子《ぶし》は、球根のような形をしている。これまで生薬を取り扱ってきた蘭月であれば、一目見れば見分けはつくはずだった。

「蘭月、この宮がなぜできたか、知っているか？」

ふと、漣龍が口をひらいた。

「皇帝の親族が住まう宮、と聞いていますが」

「それは半分正解で、半分間違いだ。この宮は、皇帝の親族が住まわせられた宮だ。皇帝に対して野心を持った者は、ここの宮の奥深くに閉じ込められ、そしてそこで一生を終えた」

恐ろしい話に背筋が凍る。

「それは、皇帝たちが親族を秘密裏に葬っていたということでしょうか？」

「そうだな。この国にとって、龍の血は何よりも尊い。もし皇帝の身に何かあったときには、代わりがいなければならない。龍の血を絶やすことできなかったから、閉じ込めたのだ。そなたは言ったな？　桃麗がそのようなことを起こすとは考えられないと」

漣龍は口を切る。

「私にも桃麗にも、龍の血が流れている。それは、この国にとって最も尊い命であり、汚れた運命を背負ってきた命でもある。桃麗は、龍の血を引きながら皇帝にはなれない。そのことを、桃麗がどう思ってきたのか、私は知らない。けれど、いつの間にか桃麗の心が傷ついていたのであれば、それは私のせいでもある」

「漣龍さま」

思わずつぶやいたとき、外から騒がしい音が聞こえて、漣龍と蘭月は顔を見合わせた。

「外を見てこよう」

「ですが――」

「附子《ぶし》を見つけられるのは、蘭月しかいない。何かあれば、すぐに戻る。ともにここを脱出しよう」

蘭月は頷いた。漣龍の言う通り、附子《ぶし》を見分けられるのは蘭月だ。

「漣龍さま、ご無理をされませんように」

「わかった、そなたも」

「はい、必ず」

漣龍の言葉に強く頷く。重い扉をひらいて、漣龍は蔵の外へと出ていった。

漣龍がいなくなった蔵の中で、蘭月は必死に附子《ぶし》を探す。外の喧騒が、蘭月を焦らせる要因になっていた。

（早く、探さなきゃ）

女性と見まがう美しさの漣龍に下手に手を出す者はいないと思いたいが、何が起こるのかわからない。先ほどの漣龍の話を聞いて、大丈夫だと胸を張って言えるわけがなかった。

棚に所狭しと置かれた木箱。残りは棚の最上段にある三つだけだ。一番上の棚は、蘭月の背では少し足りない。背伸びをすれば木箱の底に手は届くのだが、そこから動かない。懸命に動かそうと奮闘していたからか、蘭月は侵入者の存在に気づくことができなかった。

「蘭月さま、ですよね？」

ふとかけられた言葉に、蘭月は背筋の凍る思いで振り向く。その瞬間に、伸ばしていた手が棚にあたり、ゆらりと揺れた棚から木箱ががらがらと落ちてくる。

すんでのところで木箱を避けるも、床に落ちた木箱の中から、今一番求めていた球根が飛び出していった。手を伸ばしたものの掴《つか》み損ね、球根はころころと転がった先で、純白の履物に当たって止まった。履物の主は、細くて白い手で球根を拾いあげた。

「桃麗、さま」

かすれる声でその名を呼ぶと、窓から射した光のなかで、銀の髪を揺らして桃麗は微笑んだ。きらきらと光る瞳で、慈愛に満ちた笑みを浮かべる桃麗は、まるで仙女のように美しい。

「蘭月さまなのね？」

鈴の鳴るような綺麗な声で、桃麗はたずねた。蘭月は答えない。桃麗は蘭月の様子を見つめながら、すっと目を細めた。

「ここに来るのなら、あなただって思っていましたわ」

「なぜ？」

「美しく、勇敢で、そして馬鹿だから」

ふふふ、と歌うように桃麗は笑う。

「白妃を救うために、銀龍花《ぎんりゅうか》を使ってしまったのでしょう？　本当にお人好しね」

笑う桃麗の瞳は、幼子のような見た目に似合わず暗い色をしていた。まとわりつくような視線に、不快感を抱く。

「なぜ、香苺さまを狙ったのですか？」

「白妃の位《くらい》を持つあの子が許せなかったから」

あっけらかんと言って、白妃は唇の端で笑う。

「わたくしから、お兄さまを奪う可能性があったから」

それは絶対に避けたかったの、と低い声で桃麗はつぶやく。その表情は歪《ゆが》み、憎しみに満ちていた。一瞬で向けられた殺意に、蘭月は思わず一歩後ろに下がる。すぐに背に伝わった硬い棚の感覚に、ここから逃げることはできないのだと悟った。

今すぐに桃麗を押しのけてしまえば逃げることはできるかもしれない。ただ、蘭月と桃麗とでは、そもそも力の差がありすぎる。か弱い少女のように見える桃麗だが、彼女は龍の血を引いているのだ。

「どうしてお兄さまは、人を好きになってしまうのでしょう？」

小首を傾げて、桃麗はたずねた。

「龍の血を引くわたくしがずっと側におりますのに。どうして、わたくしを仲間外れにするのでしょう？　ねぇ、どうして？　蘭月さま」

一歩一歩、蘭月に問いながら桃麗は近づく。しっかりとした足取りは、桃麗が本気であることをよく示していた。

いつの間にか、手足は震えていた。息のかかるぐらい近くまで来て、桃麗はまじまじと蘭月を見つめる。

漣龍とよく似た、清流の色をした瞳が、蘭月を捉える。吸い込まれてしまいそうなほど美しい瞳は、憎悪の炎を宿している。

何も答えられずに、蘭月はただ震えながら息を潜める。桃麗の纏《まと》う気に、完全に圧倒されていた。

「……わたくしは、あなたが憎い」

毒を吐くかのように、桃麗は言った。

「あなたがいなければ、お兄さまはわたくしの側にいたかもしれないのに」

「桃麗さまは、漣龍さまのことを好いているのですか？」

蘭月の問いに、ぱちぱちと桃麗は目を瞬く。そして、驚いたわ、と声を漏らした。

「美夕と、同じことを言うのね」

美夕。かつて漣龍が愛した人。吐き捨てるように、桃麗はその名を呼ぶ。

「美夕も、最期にわたくしにたずねた。本当に、頭にきてしまったわ。だって、そんなの当たり前だと思わないのかしら。わたくしは、お兄さまを心から愛してる。それなのに、美夕は自分のほうがお兄さまから愛されているって、そんなことを言おうとした。だから、わたくしは美夕の首を絞めて、声を奪った」

――だから、あなたも死んでいただける？

そう言って、桃麗の冷たい手が蘭月の首に触れた。線の細い少女とは思えないほどの強い力で、ぎりぎりと蘭月の喉を絞めていく。その光景には覚えがあった。

（私は、前にも桃麗さまに殺されたことがある）

記憶が蘭月の頭のなかになだれ込む。

「あなたが美夕と同じ魂なのであれば、なおさら許さない。わたくしの前から、お兄さまを奪うことは絶対に、絶対に許されない」

漣龍と番《つがい》になる前の夜、桃麗は美夕を殺した。あの時も同じだった。

美夕は、桃麗にたずねた。漣龍のことを好いているのか、と。そして答えは同じだった。当たり前だと桃麗は答えて、そしてそのまま美夕の喉を絞めたのだ。

（お兄さまを愛しているから、誰にも渡さない、と。また同じになんて、なりたくない……！）

ぎりぎりと手の力が強まるなか、蘭月の頭のなかには美夕として過ごした記憶がさらに蘇《よみがえ》っていく。

後宮入りしたその日に、偶然庭院《なかにわ》で漣龍と出会ったこと。最初は少し怖い人だと思っていたこと。

やっと笑ってくれた日のこと。初めて人を――漣龍を好きになったこと。思い出した美しい記憶と、蘭月として過ごした記憶たちとが混じっていき、蘭月の胸に大きな意志が芽生える。

（まだ、生きたい――！）

こんな状況に陥って、思い浮かぶのはどれもこれも漣龍のことばかりだった。漣龍とともに生きていきたい。それは、美夕の願いであり、蘭月の願いだった。

（私は、漣龍さまとともに生きたい！）

強く願うのとは裏腹に、蘭月の手足からは力が抜けていく。意識が途絶えるのも、もうすぐだとわかった。これが死なのだと覚悟したその時、いま一番見たかった銀の光が、きらりと視界の端に見えた。

（漣龍さま……？）

桃麗は必死の形相のまま蘭月の喉を絞めていて、気づかない。

やってきた漣龍は、置いてあった調度品の剣を掴《つか》み振りかざす。そして、一思いに桃麗の背中に向けて突き刺した。それと同時に、目の前にいた桃麗の身体から、剣先が飛び出た。

「……かはっ」

ぱっと散った血の紅に、視界が歪む。

ゆるりと桃麗の腕から力が抜けた。桃麗の手が離れて、蘭月はそのまま床に倒れ込んだ。

「蘭月っ！」

叫んだのは、漣龍だった。それに応えようと身体を起こすも、すぐにまた倒れ込んでしまう。

桃麗の胸からあふれた血が、蘭月の手を濡らしていた。うつ伏せに倒れ込んだまま、咳をしながら空気を求める。涙が出て止まらない。その時、蘭月を抱いたのは、漣龍だった。

漣龍の腕に抱かれながら、息が整うのを待つ。その間もずっと、漣龍は蘭月の手を握ってくれていた。

「……おに、いさま？」

その時、か細く桃麗の声が揺れた。起き上がっては倒れ込んで、桃麗は這うように漣龍に少しずつ近づいていく。その様を見ながら、漣龍は悲痛な面持ちをしていた。

「桃麗……」

龍の血を引くと言えど、胸を刺されれば死ぬ。龍は長命なだけで、不死身ではない。血にまみれた桃麗の顔は、それでも不思議なほど美しかった。何か憑き物が落ちたような表情は、笑っているようにさえ見えた。

何度も何度ももがきなら、桃麗は漣龍の足元までたどり着き――。

「わたくし、お兄さまの、ことを……」

そう言ったきり、二度と言葉を紡がなかった。

第五章　皇后蘭月

桃麗の事件から一年。国をあげての喪があけたのは、とある小春日和の日のことだった。綺麗に整えられた墓の前で、冥福を祈る。桃麗のために捧げられた純白の花たちを眺めながら、蘭月はしばらくそこに佇《たたず》んでいた。

今でも、目を閉じれば憎悪に歪んだ桃麗の表情が浮かぶ。殺されかけたことは事実だったが、それでも蘭月は桃麗を憎みきることはできなかった。

龍の血を引く者として、長命を約束された桃麗。周りから見知った顔が消えていくなか、同じ血を持つ漣龍の存在が、どれだけ支えとなっていたのか。

美夕を殺し、白妃を害そうとし、そして蘭月を手にかけようとした。桃麗がおこなったことは憎めど、彼女の心境を思うと、同情しないといえば嘘《うそ》になる。

桃麗のことは、表むきは病気として処理された。愛すべき王妹の死に、龍雲国の民たちは悲しみに暮れた。

桃麗は、罪に問われた冷宮の妃たちに温情をかけ、世話をしていた。そのことから、冷宮の妃やその周りからの悲しみの声が一際大きかった。

彼女がどんな思いで、冷宮の妃たちに接していたのか。今となってはわからない。龍雲国内外から届いた悲しみの声のひとつひとつに耳を傾け、漣龍はここに立派な墓を建てた。妹君を失った漣龍に対して憐《あわ》れみの声をかけた人々のことを、漣龍はどう思ったのか。蘭月にはわからない。

そこにあるのは、桃麗は死んだという事実だけだ。

「……蘭月、ここにいたのか」

「漣龍さま」

顔をあげれば、漣龍が側にいた。考え事をしていたせいで、漣龍の訪れに気がついていなかったらしい。政務を終えて、そのままここに来たのだろう。羽織り物も着ずにやってきた姿を見て、蘭月は墓の前から立ちあがる。

「もう冬も近いのですから、お召し物は忘れずに。また青海さんから怒られますよ？」

「わかっている。そなたに早く会いたくて、探していた」

「ありがとうございます」

微笑みを返せば、漣龍の表情が幾分か和らぐ。そして、漣龍は桃麗の墓の前で一礼した。祈り、というにも満たない時間。それでも、漣龍の瞳が悲痛な色を宿したことを、蘭月は見逃さなかった。

「……いくぞ」

「はい」

漣龍に連れられて、蘭月もその場を去る。墓地と繋《つな》がる庭園の草花を眺めながら、もう冬が来るのだとあらためて実感した。

(あっという間だったような気もすれば、長かったような気もするわ……)

一年という時間をかけて、やっとのことで日常が戻ってこようとしている。ぐるりと庭園を見渡した蘭月の目に、淡い薄桃色が止まった。

「漣龍さま、冬桜が咲いております」

「本当だな。……綺麗だ」

指を指すと、漣龍も首肯した。冬桜の大木は、しだれた枝に小さな薄桃色の花をつけている。もう少し寒くなれば、桜と雪を一緒に見ることもできるかもしれない。漣龍に寄り添いながら、しばらく花を眺める。

「あれから、もう一年が経つのですね」

「……そなたには、心労をかけてしまったな」

「いいえ。漣龍さまのお側にいられて、よかったなと思っています」

桃麗の死後も、漣龍はその前と変わらずに振る舞っていた。唯一の肉親を自分の手で葬ったのだ。平穏でいられるはずがない。それなのに、蘭月に無駄な心配をかけまいとしてか、漣龍は強いて穏やかに過ごしていた。涙のひとつも見せずに、淡々としている漣龍の背を見ながら、蘭月はもどかしい日々を過ごした。

「蘭月。正直なところ私は、後悔していないといえば嘘《うそ》になるのだ」

蘭月の内心を悟ったかのように、静かな声で漣龍は言った。はっとして漣龍の顔を見ると、漣龍は風に揺れる冬桜の花を見つめている。その表情には、悲しみも苦しみの感情もない。

「私の存在が、桃麗を苦しめていたのだと思うと、何かできることはなかったのかと苦しくなる。夢のなかに桃麗が出てきて、私を睨《にら》むのだ。死ぬ間際の、苦悶《くもん》の表情でな」

蘭月は思わず漣龍の手を取る。いつもあたたかい漣龍の手は、今日ばかりは風に吹かれて先が冷たくなっている。

「これから先も、私は桃麗に詫《わ》びながら過ごしていくのだろう。その覚悟はある」

「……ならば、私がそれ以上の感謝を伝えます」

漣龍の手をぎゅっと握って、蘭月は言った。少しでも、自分のあたたかさを漣龍に分けてあげたかった。

「漣龍さまが救ってくださらなければ、私はここにいません。もしかしたら、もっと多くの命が失われていたかもしれません。だから、私は側でずっと、ありがとうございますと、感謝の言葉を伝え続けます」

「蘭月。すまない。ありがとう」

一年経って、やっと漣龍の弱音を聞くことができた。蘭月にとっては、そのことが何より嬉しかった。

「このまま、ひとつ聞いてもよいか？　ずっと側にいると言ってくれたということは、私の求婚を受けてくれたと思ってもよいだろうか？」

そっと蘭月の手を握り返して、漣龍はたずねた。あの後すぐに、漣龍から求婚を受けていた。まだ心の整理がつかないからと一度保留にさせてもらったのだった。

表向きは、蘭月と漣龍はまだ皇帝と後宮妃であるが、周りからの扱いは皇后にするそれと一緒である。要するに、蘭月がはいと言えば、皇后になる準備はすでに整っていた。

「漣龍さま……」

銀の光を纏《まと》った美しい人は、蘭月の手を取ったまま跪《ひざまず》く。そして、蘭月の手に口づけを落とした。

「そなたのことが欲しい。そなたの長い人生を、ともに歩む権利をくれないか？」

「はい」

そう言って微笑むと、漣龍も微笑み返してくれる。

漣龍は蘭月のすべてを受けいれてくれた。痣《あざ》があっても、化粧で素顔を隠していて

も、蘭月のことを見てくれていた。漣龍の前ならば、何も隠さなくていい。ありのままの自分を、愛することができる

これからの長き時を、蘭月は漣龍とともに生きていく。愛おしい人が側にいることを、漣龍の温もりを、一生忘れたくないと、蘭月は思った。

エピローグ

「こうして、皇帝漣龍は暴走を免れました」

「ご苦労だった」

「次の皇帝が立つまでは、平穏な世が訪れるでしょう」

「そなたの手柄だな――白沢」

「恐れ多いお言葉です。これでご報告は以上です」

「よい、下がれ」

龍神の言葉に、白沢はその場を辞した。

久しぶりに帰還した天界は、変わらず呆れるほど美しい。

しかし、天界の住人である白沢は、ここが美しいだけの世界でないことを知っている。

（自分の子孫でも、構わず殺せって言うんだからなぁ）

龍神には、下界を管理する役目がある。全知の存在と言われる白沢は、その能力を生かし、監視役としての役目を、龍神から仰せつかっていた。

――自身の子孫の動向を観察し、もし道を踏み外すようなことがあれば、構わず殺すこと。

それが、白沢に言い渡された龍神からの命令であった。

白沢の知っている限り、漣龍のたどる予定だった未来はいくつもあった。

番《つがい》を失って暴走し、自国の民を虐殺していく未来。憎しみに囚《とら》われた妹に殺される未来。

どの未来も起こり得たが、龍雲国にとって一番良い結末に帰着させることができた。

白沢にとっても、喜ばしいことだった。

(蘭月の悲しむ顔は見たくないしな)

甘いものをたくさんくれて、あたたかい寝床も用意してくれた。あの後宮妃にはたくさんの借りがある。

下界の様子を眺めながら、白沢は大きく伸びをした。こうして元の姿に戻るのも久しぶりだから、身体全体がこっている。次の仕事までは、ゆっくり眠れそうだ。

(甘いものが、食べたいな)

龍神の目を盗んで、こっそり甘いものをもらいに行くのも悪くはないだろう。これからしばらく、龍雲国には平和が訪れるのだから。

龍雲国の歴史を語るうえで、漣龍の存在は欠かせない。歴代皇帝のなかでももっとも在位が長く、もっとも龍雲国が栄えた時代を築きあげた皇帝であった。

そして、漣龍の側にはかつて悪女と言われた皇后、蘭月がいた。賢帝漣龍は、彼女をその命尽きるまで愛し、蘭月もそれに応え、仲睦《なかむつ》まじい姿を臣民に見せていたと言う。

もう離すまい、俺の花嫁

家では虐げられ、女学校では級友に遠巻きにされている初音《はつね》。それは、異能を誇る西園寺侯爵家のなかで、初音だけが異能を持たない「無能」だからだ。妹と圧倒的な差がある自らの不遇な境遇に、初音は諦めさえ感じていた。そんなある日、藤の門からかくりよを統べる鬼神――高雄《たかお》が現れて、初音の前に跪《ひざまず》いた。「そなたこそ、俺の花嫁」突然求婚されとまどう初音だったが、優しくあまく接してくれる高雄に次第に心惹かれていって……。あやかしの統領と、彼を愛し彼に愛される花嫁の出会いの物語。

2巻 定価:770円(10%税込)/1巻 定価:726円(10%税込)

イラスト:ザネリ

皇帝陛下、お願いですから
私を追放してください!

冬賀国の"厄災姫"と遠ざけられ、兄姉からはもちろん父帝にすら蔑まれる李翠雨《りすいう》。つらい日々は春栄国の後宮に入ることで終わる……はずだったのに!? なんと、翠雨が妃となった黎翔偉《そうしょうい》の顔は、前世で彼女を殺した男に瓜二つだった! こんな男と関わるなんて、絶対にイヤ!追放を望む翠雨はやがて思惑通り、誰もが恐れる古狸宮に送られる。周囲の憐みの視線もなんのその、もふもふ自由生活を満喫していた翠雨だが、やがて前世の名前を知る黄泉の国からの使者が現れて——。

定価:770円(10%税込み) 978-4-434-34830-3

イラスト:宵マチ

親の借金のせいで怪我を負っていたところを、大天狗の天に拾われた奏斗。天は便利屋の店主で人助けを生業にしていると言い、奏斗の悩みごとを解決すると言ってくれた。当初は気兼ねしていた奏斗だったが、ひょんなことをきっかけに天に助けられただけでなく、便利屋の一員として働くことになった——!? 奏斗は天とともに次々と舞い込む不可思議なお困りごとを、便利屋として解決していく！

お人好し大天狗 × 鬼の血を引く怪力青年のあやかしバディストーリー、堂々開幕！

◉定価：770円（10%税込）　◉ISBN：978-4-434-34834-1

◉Illustration：真久

著 しろ卯

Shiro U

鬼と契りて

桃華は桜鬼に囚われる

唯一無二のあなたを

一生愛する

幕府を倒した新政府のもとで鬼の討伐を任される家に生まれた桃矢は、お家断絶を避けるため男として育てられた。しかししばらくして弟が生まれ、桃矢は家から必要とされないばかりか、むしろ、邪魔な存在となってしまう。今更、女にも戻れず、父母に疎まれていることを知りながら必死に生きる桃矢の支えは、彼女の「使鬼」である咲良だけ。桃矢は咲良を少女だと思っているが、咲良は実は桃矢を密かに熱愛する男で——実父によって死地へ追いやられていく桃矢を、唯一護り助けるようになり!?

◉定価:770円(10%税込)　◉ISBN:978-4-434-34653-8

◉Illustration:woonak

この作品に対する皆様のご意見・ご感想をお待ちしております。

おハガキ・お手紙は以下の宛先にお送りください。

【宛先】

〒150-6019 東京都渋谷区恵比寿 4-20-3 恵比寿ｶﾞｰﾃﾞﾝﾌﾟﾚｲｽﾀﾜｰ 19F
(株) アルファポリス　書籍感想係

メールフォームでのご意見・ご感想は右のＱＲコードから、
あるいは以下のワードで検索をかけてください。

アルファポリス　書籍の感想　検索

ご感想はこちらから

アルファポリス文庫

後宮《こうきゅう》の化粧姫《けしょうひめ》は華《はな》をまとう
～素顔《すがお》を隠《かく》す悪女《あくじょ》と龍皇陛下《りゅうこうへいか》～

花橘しのぶ（はなたちばな しのぶ）

2024年 12月 25日初版発行

編　集－請川典子・星川ちひろ
編集長－倉持真理
発行者－梶本雄介
発行所－株式会社アルファポリス
〒150-6019 東京都渋谷区恵比寿4-20-3 恵比寿ｶﾞｰﾃﾞﾝﾌﾟﾚｲｽﾀﾜｰ19F
TEL 03-6277-1601（営業）　03-6277-1602（編集）
URL https://www.alphapolis.co.jp/
発売元－株式会社星雲社（共同出版社・流通責任出版社）
〒112-0005 東京都文京区水道1-3-30
TEL 03-3868-3275
装丁イラスト－カズアキ
装丁デザイン－木下佑紀乃＋ベイブリッジ・スタジオ
印刷－中央精版印刷株式会社

価格はカバーに表示されてあります。

落丁乱丁の場合はアルファポリスまでご連絡ください。

送料は小社負担でお取り替えします。


ISBN978-4-434-34989-8 C0193